庶民烈伝

深沢七郎

中央公論新社

目次

『庶民烈伝』序章 7
おくま嘘歌（『庶民烈伝』その一） 61
お燈明の姉妹（『庶民烈伝』その二） 77
安芸のやぐも唄（『庶民烈伝』その三） 119
サロメの十字架（『庶民烈伝』その四） 131
べえべえぶし（『庶民烈伝』その五） 207
土と根の記憶（『庶民烈伝』その六） 227
『庶民烈伝』あとがき 251
解説 蜂飼耳 261

庶民烈伝

『庶民烈伝』序章

庶民というものは、どんな人達だかはだいたい見当がつくものだが、どの生活からどのくらいの生活までの人達を、「庶民だ」とはっきり区別することはなかなかむずかしいことだと思う。このことで私の友人——この友人は金持の御隠居さんだから庶民ではないのだが、庶民の出身者である。上高井戸に住んでいてアパートを経営したり土地も沢山持っていて遊んでいるような生活をしている老人である。この老人のことを私は「上高井戸の旦那《ダンナ》」とか「上高井戸の親分」とかげでは呼んでいる。この上高井戸のダンナの息子さんは大学出なのだが、学生時代は勉強の虫にとり憑《つ》かれた様な勉強家で、卒業しても就職するのでもなく、家事に従事するのでもなく、遊んでいる様な生活で、洋酒と読書が趣味である。大学教授にもなれる資格があるそうである。だから庶民ではないと思う。私はこの息子さんのことを「インテリ〳〵」と呼んでいる。

このインテリ息子の説では、庶民以外の階級の者はみんな異常神経の持主だそうである。

例をあげると、上高井戸のダンナの知人の職工さんが独立して工場を持つようになったそうである。製品は女のヒトが髪の毛をセットするのに使うクリップで、設備も簡単らしい。その職工さんは毎日々々クリップを作っていたが、1人で作るより2人で作るほうが能率もあがるし、費用も少ないことになるそうである。

「それから小僧さんを2人ばかり入れて、そのうち15人もふやしましたよ」

と上高井戸のダンナは言った。

「あんなのが異常神経だよ」

とインテリ息子さんは教えてくれた。

「だから、ほかの者より以上に金を儲けようとか、ほかの者よりぬきでた者になろうとするのは、異常神経だよ」

とインテリ息子は言うのである。つまり、学校などでも、ほかの生徒より勉強して上位の成績をとろうとするものは、みんな異常神経の持主ということになるそうである。実業家が経営を拡大するという考えも異常神経だし、選挙運動などをやって政治家になるのも異常神経だし、太閤《たいこう》秀吉とか中国の漢の高祖などはみんな異常神経だそうである。テレビに出演して大勢の前で唄を歌いたいという考えを起すのも、作家も、映画俳優もスポーツ選手もみんな異常神経の持主だそうである。

「ずいぶん、大勢、ありますねえ、この世の中には異常神経の人達が。異常神経の人ばかりじゃアないですか」

と私は言った。

「いや、庶民は異常神経ではないですよ、庶民だけですよ」

とインテリ息子さんは言った。

「庶民と異常神経では、どちらが多いでしょう？」

と私はきいてみた。

「それは庶民の方が多いでしょう」

と横でダンナが言った。そう言われて私も気がついたことがあった。それで、

「あててみましょうか、庶民がどのくらいあるか」

と言うと、

「どのくらいありますか？」

とダンナは膝をのりだした。

「50対5、で、50人の中で5人だから10対1ですよ」

と私は言った。

「どうしてそうなりますか？」

とダンナは言った。納得がいかないらしい。

「そうなりますよ、学校なんかで1クラス50人のうち、優秀な生徒は1番から5番ぐらい

までだから、異常神経の生徒は5人で、あとはみんな庶民だから」

と私は説明した。

「ずいぶん乱暴な!」

とダンナは目をまるくした。

「ソレソレ、そういう乱暴な理論が庶民の理論だよ」

とインテリ息子が言った。(そうだナ)と私はうれしくなった。私の言うことは庶民だったのである。庶民と言われると私はうれしくなってしゃべり始めた。私はもっと乱暴な庶民を知っているのである。

その家は製本屋で、私とは親しい交際《つきあい》である。昼飯どきに行った時だった。子供は学校へ行っていて、夫婦で食事をしようとするところだった。お膳の上にコッペパンを2ツ並べて、茶碗に朝飯の残りの冷たいミソ汁がこぼれそうによそってあって、

「いただきます」

と奥さんが言ってお膳にアタマをさげた。そこの御主人も、

「いただきます」

と言って、奥さんにつづいてお膳にアタマをさげた。奥さんは45歳だかだが、髪の毛はもうだいぶ白髪が目だっていた。御主人のアタマも松茸型に大きく禿げていて、ふたりで揃ってお膳に頭をさげる恰好は、小学生が先生の前でお辞儀をしている様である。

（凄いなア、庶民だなア、あんなコッペとミソ汁なんかにお辞儀をして）

　と私はびっくりした。それから食事がすんで後をかたづけて、夫婦はむき合って紙をおるのである。たしか、なにかの出版物の製本の仕事だったと思うが、竹の指輪をはめて、紙を2ツに折って、竹の指輪でスーッと折りめをつける仕事だった。夫婦は働き者で、私が遊びに行っても仕事をしながら話をして、決して仕事の手を休めたりしないのである。これは私もそんな風に話したりするのが好きで、私などもときどき手伝いながら話し込むこともあった。働き者の夫婦は仕事を始めても決してテンポは乱れない。朝から夜おそくまで働いて、そのあいだに仕事の手がのろくなるようなことは決してないのである。それ程御主人も働き者だし、奥さんも一所懸命に仕事をするのである。が、御主人の方は奥さんよりかなり年が上だし、奥さんの方は肥りぎみの肉つきだが、御主人の方はかなり痩《や》せていた。せいも低いし、顔も頭も耳も指も小さい上に痩せていて、骨と皮ばかりの様な身体《からだ》だから、奥さんと一緒に仕事をしていればやはり仕事がのろくなるときもあるのである。私が知っているその時は、きっと、そんなことはめったにないことだが、御主人は紙をおりながらいねむりをしたのだった。両手に紙を持ったまま、ちょっと、御主人の手が止った。このいねむりに私はすぐ気がついて、

（ここだナ、こんな時だぞ、奥さんがアノ手を使うのは）

　と私は下をむいて坐って、紙をおっている奥さんの腰の方を注意して見ていた。そうす

ると、やっぱり私のカンは当ったのだった。奥さんの股のところが少しずつ開いてきたのだった。これは御主人の仕事の手がのろくなったときに奥さんが御主人を激励するために使う手であるということを、私は同業者の製本屋から聞いていたのだが、私の見たこの時は奥さんの股はかなり拡がって、

「ハッ」

という御主人の溜息の様な、気合いの様な声が洩れた。ハッと、神様でも拝むように頭を下げて御主人の手はまた激しく紙をおりはじめた。

「ジャーッ〳〵」

と紙をおる音は力がはいって、また夫婦の手は一所懸命に働いているのである。

「庶民ですねー、それは」

と上高井戸のダンナが言った。

「そうでしょう、庶民だと思いました」

と私も言った。

「いや、そんなのは庶民じゃアないよ、そんなに働いて、金をのこすのは」

と横でインテリ息子が反対した。

「いや、金などためませんよ、その製本屋さんは」

と私はよく知っているので説明した。その製本屋はいつも金の余裕などはないのだった。

「どうして、金がのこらないですかねー」

とダンナが首をかしげていた。私もそのことでは不審に思っていたが、いつだったか、やはりその製本屋へ行った時だった。祭日で仕事は休みで奥さんは出掛けるところだった。髪をセットして、銘仙の着物と羽織も揃いのもみじの模様で、下駄も新しく、珍しくオシャレになっていた。

「ずいぶん、キレイですね、今日《きょう》は」

と私は驚いた。仕事のときの恰好しか知らないので（こんな恰好をすることも知っていたのか）とびっくりしたのだった。これは随分失礼な私の考えだが、この綺麗にシャレた奥さんを眺めていると、（ああ、誰でも、どんなヒトだって、綺麗な恰好をしたいのだナ）と気がついた。そうして、（俺は、こんなことさえ知らなかったのだナ）と驚いたのだった。

「どこへ行くですか？」

ときいてみた。

「小石川へ、ちょっと」

と言うのである。小石川というのは奥さんの実家である。

それから奥さんは、向うの隅にある大きい風呂敷包みをひきずる様に持ち出した。下駄をはいて畳に腰かけて風呂敷包みに背をむけて、そうして背負ったのである。（ずいぶん、重そうだナ、何を持って行くのだろう?）と私はききたくなった。

「なんですか? それは」

ときくと、

「いろいろですよ」

というのである。

「お土産ですか?」

ときくと、

「そうですよ、さとは大勢、子供がいるから」

と言うのである。

「なんですか? どんなものを持って行くのですか?」

と私は好奇心もわいてきた。

「いろいろですよ、シャツやセーターやお菓子など」

と教えてくれた。ここで私が気がついたことは、いつか、奥さんが話した小石川の実家は生活が苦しいということだった。

「よろこぶでしょうねえ、そんなに持って行けば」

と言うと奥さんは急に嬉しそうな顔になった。嬉しそうだが私はその恰好を見て（なんて、ぶかっこうだろう）と思った。

「その、かっこうは、実に、庶民だったですよ」

と上高井戸のダンナに私は言った。

「そうでしょうねー、庶民ですねー」

と上高井戸のダンナは、恰好のことまで私と同じ考えである。このとき私はあの奥さんの風呂敷包みを背負ったぶかっこうが目の前に現われてきた。苦しい実家を救おうと一所懸命に働いて運ぶ姿は、ぶかっこうだが尊い姿のようにも思えたのだった。金をためるばかりが目的で働くのではないので、

「金などためていませんよ、実家のために働いているのですよ」

と私はインテリ息子に説明した。

「庶民ですねー」

とまたダンナは言った。が、インテリ息子は、

「そんな、ひとのために、働くということは、変だよ、馬鹿じゃないだろうか？」

と言うのである。

「なんでも反対するですねえ、インテリは」

と私は思わず言って口を押えた。（乱暴な理窟だ）と言われるのはいいけど、ちょっと、失礼な理窟ではないかと思ったからだった。そこへ女中さんがお茶を運んで来てくれて、お菓子も出してくれた。ダンナの着ている着物はユーキ紬《つむぎ》らしい。羽織も高級呉服で、

いつでも膝を揃えて坐っているのである。インテリ息子の方はセーターの上に背広をきて、いつでも煙突の様に折り目のないズボンであぐらをかいているのである。

「このお菓子は、モロコシという秋田県のお菓子ですよ」

とダンナは私にお菓子をすすめてくれた。

「ずいぶん、珍しいお菓子ですねえ、高いお菓子でしょう」

と言いながら、私は1ツ、つまんで食べてみた。らくがんの様な甘い粉をかためたお菓子である。

「あずきの粉で作ったものですよ、あずきだからこれは庶民のお菓子でしょう」

と言いながらダンナもつまんで食べた。材料はあずきでも（これは、庶民ではないナ）と私は思った。値段が高ければ高級のお菓子で、これはわざわざ秋田県から送ったのだから運賃もかかっている筈だし、高い値段のお菓子だと思うのである。

「いくらですか？　高いでしょう、庶民じゃアないでしょう、このお菓子は」

と言うと、

「そうですねえ、庶民ではないでしょう」

とダンナは言って、さっき、庶民だと言ったのをとり消したらしい。

「そうですよ、こんな小さい、上品なお菓子は」

と言って、私は自分が喰いしん坊なのに気がついた。

「庶民はもっと、でかいお菓子でなければ、食べても喰った様な気持がしませんよ」

と言うと、

「そうですねー、庶民は食べますねー」

とダンナは言って、また、

「食べもの競争などもしますねー」

と言うのである。

「そうです、そばを食べる競争や、大福餅の食べ競争や」

と私は言って、私の友達のㄜる粉の食べ競争を思いだした。

「ㄜる粉の喰い競争で、ドンブリで、私の友達は7ハイ目に鼻からㄜる粉を出して、そのㄜる粉が自分のドンブリに入ってしまって、それで、食べるのがイヤになって、それで、負けましたよ」

と話しだすと、

「庶民ですねー、鼻からㄜる粉を出すとは」

とダンナは言って、

「いそいで食べたからでしょう」

と言うのである。喰い競争は早く食べなければならないのだが、喰い競争ではなくても私などは食べるのは早い方である。私の友人は私よりもっと早いのである。いつだったか友人を3人連れて牛込の知人の家に行った時だった。そこの奥さんがお寿司を出してくれたのである。タライの様な寿司盆にギッシリ寿司が並べてあって、

「どうぞ召し上って下さい」

と言って奥さんは寿司盆を置いて、ちょっと横をむいた。そうして、ひょっと見るとお寿司はもうほとんどないのである。

「私と4人だから、4ツずつお寿司がへるのだし、みんな、1ツずつ醬油につけて食べたのだが、俺は3ツしかたべないのに、ほかの奴は10ぐらいたべてしまったですよ」

とダンナに言うと、

「庶民ですねー、そんなに早く食べられるのは」

とダンナは言った。早くたべさえすれば庶民らしいので、

「早いならもっと早い者もありますよ、支那料理を食べに行った時だけど、1卓4人の料理を8人で行って、鯉のカラあげ、あれは、5切れぐらいに切ってあったかな。とにかく女中さんが持って来て、テーブルの上に皿を置いたら、置いた時にはもう皿はカラで、グリーンピースが2、3粒しか残っていなかったですよ。置くまでにさーっと、みんな箸をだしたので、私が箸をだした時はアタマしかなかったのですよ。みんな、支那料理のアタマも食べることを知らなかったから、私も食べることが出来たのだが、箸を出すのも私が一番のろいですよ」

と言うと、

「支那料理なんか庶民ではないよ」

と横でインテリ息子が言うのである。さっき、ちょっと、向うへ行っていたと思ったら、もうコップに洋酒を注いで持ってきているのだった。（洋酒《ウイスキー》は庶民ではないナ）と思いながら横目で眺めて、

「支那料理は庶民ではないけど、庶民は贅沢ですよ、食べ物は」

と私は言った。

「贅沢ですねー、庶民は」

とダンナが言った。（なんでも庶民々々というけど、知ってるかナ、ダンナは、）と私はちょっと不安になってきた。私が「庶民は贅沢だ」と知ったのは関東大震災の最中だった。1923年9月1日、関東地方を襲った大地震の時、たしか、私は小学校の4年生だった。山梨の石和《いさわ》町の実家で、私は昼飯を食べようと1人でお膳の前に坐っていた時だった。突然、大きな雷が鳴りだした様な響がして、ゆれているということがわからなかったのだった。これは、地震というものを知らなかったからだろう。（雷だ）と、私はお膳の下にもぐり込んだ。私は雷が大嫌いだったからである。そうしてお膳の下で柱を眺めると、柱に掛っている1メートル半ぐらいの鏡が舞う様に大きくうごいているのである。（アレッ？）と思って私はお膳の下から這いだした。そこへ、

「地震だ〳〵、そとへ出ろ〳〵」

と声がして、母が裏口から入って来た。そうして私は母にかじりついて裏へ逃げたのだった。私が覚えている光景は、家の東側の道は川の様に水がたまっていて、「イワキッちゃん」という職工に弟がおぶさって、膝まで水がつくほど川の様になった「東方《ヒガシッカタ》」の道を逃げて行く光景である。地震は第1回の次に2回目がすぐ来て、私は母から逃げだして隣の警察の人達の中にとび込んだのである。「シャがめシャがめ」と言われて、私はおまわりさん達のまん中で腰をおとしてふるえていた。そうして、すぐ3回目が揺れたのである。屋根の棟の電線が大きく劇《はげ》しく揺れて、2本ぐらいの電線が太い束の様に見えて、私はこの時（地震というものは天の方から来るものだ）と思っていた。3回目が終ると人が飛び歩きはじめた。少し間があるのでみんな（また揺れるぞ）と急いで家を出る支度をはじめたのだった。

「八幡さんの裏の森へ行け」

と誰かが騒ぎだして、町の真中にある氏神様の八幡様の裏へ行くのである。地面は大きく割れて、割れめから水が吹きだして洪水の後の様だった。私達も八幡さんの裏に行ったのだが、どこの家でも畳を持ち込んだり鍋や釜を持って来たりして、狭い森だが運動会と引越しの様な騒ぎになった。そのあと、その日だけでも余震が2千5百回だか続いたそうである。とにかく、その日は1日中揺れていた。余震もかなり大きく、私が覚えているの

は八幡様のお宮がガラ〱とゆれてうごいていて、その横では近所のおばさんが、

「食わなきゃア損じゃん」

と言いながら、巻き寿司を一所懸命作っているのである。筵《むしろ》や畳の上に置いてあるお盆には梨やぶどうが山盛りになっていて、私は杉の木に摑《つか》まって揺れるのを防ぎながら、

（よその人も、うまい物を食べるのだナ）

と呆ッ気にとられて眺めていた。うまい物を食べたいのは私の家の者ばかりで、ほかの人達はうまい物など食べないでもよいのだ、また、食べたいなどとは思わないだろうと思っていたからだった。

「ずいぶん大きな梨でしたよ、アタマぐらいある、立派な梨でしたよ」

とダンナに言うと、

「贅沢ですねー、庶民は」

とダンナもよくわかったらしい。

「それは、地震の時だからだよ、いつも、そんなに贅沢ではないだろう」

とインテリ息子はまた反対するのである。

「その時は八百屋も乾物屋もみんな逃げて、店はしまってるので売っていないですよ、ぶどうも梨ものり巻きののりも、みんな自分の家から運んできたのですよ、いつでも買ってあるから、その時に持って来ることが出来たのですよ」

と私もがんばった。

「そうでしょう〳〵、ふだんでも贅沢ですよ」

とダンナも私に応援してくれた。そうするとインテリ息子は、

「強情《ごうじょう》だナ、庶民は」

と言って笑いだした。（俺のことを強情だと言ってるのかな？）と私は厭《いや》な気がしたが、

「強情かも知れませんよ、庶民は」

と私は口から出まかせに言ったのだった。ところがダンナも、

「強情ですねー、庶民は」

と言うのである。ここで私は自分の知っている強情なヒトを思いだした。ひょっとしたら（あのヒトは、庶民かも知れない）と気がついた。

その家では娘さんの嫁入りが決ったが、兄さん夫婦が戸主になっていて、娘さんの縁談が決るとき嫂《あによめ》さんが知らなかったらしい。とにかく兄さん夫婦は反対したが、仲人が、

「そんなことではいつになってもきまらない」

と言って決めてしまったのだった。

「そんなことなら嫁入りの支度などしてやらない」

と言って、兄夫婦は何ひとつ支度をしてやらないのである。そこで仲人と娘さんが相談して、両親は死んでいないが、「親の物をみんな持って行こう」ということになったのだ

った。古い物だが先方に問い合せてみると、

「よし、承知した」

と先方の家ではそれでよいことにきまったのだが、花嫁の荷が運ばれた時は、

「実にうまくいった」

と仲人が感心したそうである。荷物は着いたが、古い黒光りのする様な茶ダンスとかタンスとか火鉢とか、みんな古物ばかりなので、菰《こも》に包《くる》んだまま土蔵の中へさーっと入れて、ガチャンと戸を締めてしまったそうである。

「花嫁さんの荷物が来た〳〵」

と近所の人達がかけつけたときは土蔵は締っていて、見えたのは新しい菰に包んだ外側だけだったのである。

「それでも、たいした物ばかり持って来たので見せるのも惜しいと思われて、えらい、たいへんな品物ばかりを持って来たという評判だった」

と仲人はあとで私に話してくれたのだが、私がその兄夫婦の家へ行ったのは、娘さんが嫁に行ったすぐあとだった。

「驚きましたねえ、家の中はガランと広々としていて、広い家の中が柱と畳だけでした」

とダンナに言うと、

「庶民ですねー、みんな強情ですねー」

とダンナはよろこんでいる様である。ひょっと気がつくと、私はこの上高井戸のダンナは強情なときもあって、

「すごい強情ですよ」

と奥さんがよく言うことを思いだした。ダンナがよろこんでいるらしいので、

「まだまだありますよ、強情なら」

と言ってまた私の知ってるヒトのことを喋りだした。

あれは終戦後もかなりたった頃だったと思う。地方公演のバンドマンの仲間たちと農村の劇場に出演した時だった。劇場という名だが芝居小屋で、そのすぐ近くに小屋主の家があって、私達はその小屋主の家に泊ったのだった。農村なので旅館などはなく、この芝居小屋に出演する芸人達は小屋主の家に泊ることになっていて、その家はそんな支度も出来ていたのだった。小屋主の家族たちのいる部屋の横に薄暗い、畳だけの広い部屋があって、そこへ、勝手にふとんを引っぱりだして自分で敷いて寝ることになっているのだった。ただしか、泊り賃は無料で食事代が朝食は70円だったと思う。夕食は百20円だかだが、かなり御馳走をしてくれたのだった。私達の時は小屋主が掛けた演芸会ではなく、土地の青年会に頼まれて出たので、小屋主は青年会に小屋を貸しただけで、私達は小屋主とは殆ど関係のない興行だったのである。が、小屋主の家に泊めてもらったのだから、家族の人達と親しくなってしまったのだった。家の中は半分オート三輪車の車庫になっていて、小屋主

の本業は運送屋で、泊る芸人たちの食事の支度をするのは娘さんたちである。娘さんは3人で一人息子がオート三輪の運転をしていて、父親が小屋主で、母親は神経痛で目も悪く盲人のようにのろのろしている感じだった。娘さんは3人、揃って眉毛を濃くかいていて、一番上の姉さんは背も高く、髪にパーマネントもかけていないが、働き者で台所仕事はほとんど受け持っているらしい。下の2人の娘さんは勤めに出ていて、それでも夕食頃には帰ってきて、私達の食事のあと片づけなどもしていた。もう寒くなりはじめた頃で、私はそこの家族の人達の部屋のコタツに寝ころんでマンガだか何かを読んでいた時だった。家の人達も食事が終って順にコタツにはいり込んできて、小屋主もはいって話をはじめたのだが、その話は家中の者達で重大な相談になったのだった。

「来年は、小屋をおとすのは止《や》めるだア」

と小屋主の父親が言うと、

「当り前《めえ》だア」

とか、

「そんなこたア決ってらア」

とか、

「姉ちゃんに可哀想だア」

とか3人の娘さんたちが口をとがらせて喧嘩の様な言い方をするのである。私は寝ころんでマンガを読みながらこの話し声を聞いていた。小屋をおとすのを止めるということはたぶんこの小屋主は芝居小屋を持っているのではなく、誰からか借りているらしい。

「あの小屋は誰が持っているんですか？」

と私は寝ころんで上をむいてまだマンガを読みながら聞いてみた。

「組合のものだよ」

と小屋主の声がした。

「何の、組合ですか？」

と聞くと、目のショボ〳〵した女親がしゃべりだした。

「この土地の、組合の人達が、みんなで金を出してあの小屋を作ったのだから、みんなのものちゅうことになるだよ、この家も組合にはいっているだから、わしらも持主の中にはいってるだよ」

目は悪いが、私の横で息子のジーパンのつぎをしながら女親が物語るように教えてくれた。

「おとすというのはセリでしょう」

と聞いた。

「そうだ、セリだがいつでも2、3人しかセルひとはねえよ」

と小屋主が教えてくれた。

「1年ごとですか？」

ときいてみた。1年にいくらぐらいだろうかとも聞いてみたいのだが、あまり深く聞くのは遠慮していた。

「そうだよ、1年ずつ小屋を買うのだが毎年々々、前金だから」

と女親が言って、

「ずーっと、この5年ぐらい、うちでばかりおとしているだア。小屋代も毎年々々高くなって今年は18万円だったアよ。来年は20万円以上出さなきゃダメだアよ」

とすっかり話してくれた。

「儲かってるでしょう」

ときくと、

「アッハッハ、儲かるものか」

と小屋主が笑いながら言って、

「儲かればいいけんどなア」

と女親は私に相談する様な言い方である。そうして、この女親が物語るようにシャベルのを聞いていると、農村だから子供の喜ぶ様なものの時だけは入場者も多いが、入場料も安くしなければダメだそうである。芝居とか浪曲とか楽団とかを頼んで演《や》っても、小屋というものは雑費がかかるもので、

「電気の球がひとつ切れただけで、それで、球代だけ損をしやアした」

という興行もあったそうである。大入りのときもあるが損のときも多く、この家では一番上の姉さんが家のための犠牲の様になってしまい、来年は嫁に行くのだが嫁入りの支度など何一つも出来ないそうである。一人息子がオート三輪で運送をしているが、その働いた金も今まで小屋の方に注ぎ込んでしまったそうである。それで、

「来年は止めるだア」

と父親が言いだすと、3人の娘さんが口を揃えて賛成したのだった。もともと小屋をやりはじめたのは父親で、

「おとうちゃんさえやりたがらなければ、はじめの1年で、とっくに止めたものを」

と、女親が言って、ひょっと、私がマンガから目を離して女親の顔を眺めると、涙をこぼしているのだった。（なぜ、泣くのだろう）と私にはよくわからなかったが、その時、一番上の娘さんが母親のそばへ来て、

「よかったア、おとうちゃんが止める気になって」

そう言ってやはり涙を、こぼしているのである。ひょっとすると、止めるということがきまったので、喜んで、嬉し泣きかも知れないと思ったので、

「よかったですねえ、損などして、つづけるより」

と私は言った。

「おとうさんが止める気になって、神様のおかげだアよ」

と女親は言って、やはり、嬉し泣きだったのである。

それから、どのくらいたったことだろう、一番上の娘さんが組合の風呂へ行って、オート三輪の運転をやっている一人息子も帰って来て、私と小屋主と下の娘さんは花札をしていた。

みんなで騒いでいると風呂へ行っていた娘さんが帰って来た。そっと帰って来て土間に立っていて畳の方にはあがらないらしい。

「おとうさん、来年も小屋をおとすことにするよ」

と言ったので、私は驚いてそっちを見た。彼女は真ッ青な顔で土間に立ったままどこを見ているのでもなく呆然としているのである。私ばかりではなく、みんな驚いて振り返った。さっき、小屋をやめるということに泣いて喜んでいたのに全然反対なことを言いだしたので驚いたというより呆っ気にとられてしまったのだった。

「なんでえ、姉ちゃん」

と2番目の娘が言うと、やっと上ってこっちへ来た。が、やはり坐ったままどこを見ているというのでもなく、ぼんやりしているのである。

「そんなことを言ったって、金もねえぞ」

と父親が言った。父親も好きでやった芝居小屋だが、来年は自信もないらしい。

「金がなければわしの着物でもなんでもみんな売ってもいいから、どんなことをしても、借金をして、金をこしらえて来年も小屋をおとして貰わなきゃア」

と一番上の娘さんは真ッ青になって、そう言ってる声はふるえているのである。

「そんなことを言いだすと、お嫁にも行けないよ」

と私は軽く言った。

「そうだア〳〵、お客さんの言う通りだア」

と2人の娘さんが口をとがらせて言いだした。

「ああ、いいよ、嫁になんか行かなくても、覚悟を決めていらア」

と姉さんは言うのである。どうしてそんな気になったのか私には判らないので、みんな口をとがらせて姉さんに意見をしはじめたが、私は黙っていた。

翌朝、朝めしのあとで私は女親にそっときいてみた。

「来年も、小屋をやるんですか？」

「やっぱり、娘の言うとおり、小屋をおとすことにきめたアよ」

と女親は乗り気でもない言い方である。

「なぜ、あんなにやりたがるですか？」

と私は聞いてみた。女親が話してくれたのはとんでもない理由からだった。ゆうべ娘さんが組合の風呂に行って入っているると、湯気でぼーっとなっているので娘さんが入っているのも知らないで、よその女だちがこの芝居小屋の話をしはじめたのだった。損ばかりしているので来年は止めることにきめたのだが、それはここの家の人だちだけしか知らないことで、他の家の人達は、

「凄く儲けた」

と言っているのである。

「毎年々々儲けた〳〵」

と言っている話をきいて、ここの娘は黙ってすーっと湯から出て、うまく誰にも気がつかれないように帰って来たのだそうである。損をしているのだが、儲けていると思われているのに、来年は止めてしまえば損をしていることが判ってしまうのである。損をしているのは恥ずかしいのだが、世間では知らないのだから、とにかく小屋をつづけていてそれを隠していたいらしい。そのためには借金をして、自分の持物をみんな売っても、お嫁に行かなくてもよいと言うのである。

「庶民ですねー、その娘さんは、強情ですねー」

と上高井戸のダンナは言った。が、

「そんなのは庶民ではないよ、虚栄心が強いというんだ」

とインテリ息子さんが反対した。

「虚栄心と強情ではちがいますよ」

「そうですねー、虚栄心とゴージョーではちがいますねー」

と私が言うと、

とダンナは私に応援してくれた。

「虚栄心というのは金持ばかりではないですよ」

と言って私は虚栄心の強い女のことをシャベリだした。いつだったか、市ヶ谷駅のそばの堀の橋の鋪道《ほどう》で女の人が腰をおろしていて、私は通りがかって、ひょっと眺めて立ち止った。(あの女のヒト、何をするのだろう?)と近づいて行った。夕暮に近い頃で、女は50歳ぐらいで髪の毛はバラバラである。その女は立ち上って帯をといて、両手で着物を拡げてパーッと着物を払うのである。大きく拡げて荒く何回も払うので砂けむりが立って、私の顔にまで砂ぼこりがかかるのである。

「何をしてるんですか?」

と私は文句を言うように訊ねてみた。が、その女は返事をしないのである。(変な奴だナ)と私はがっかりしてしまった。文句を言う様に言ったが、何か探し物でもしているのではないか、もし、落しものを探しているのだったら私も探してやる気持だったのである。

「何か、落したんですか?」

とまた聞いたが返事をしないのである。そうしてその女は黙って腰を掻きはじめた。ガリ〱と荒く掻いて、次に頭の毛をかじりだしたのである。じーっと見つめているとバラバラとシラミがこぼれ落ちているのである。

（そうか、さっきは、シラミを払っていたのか）

と私は気がついた。そうして、よく眺めると女は乞食らしい。

「乞食にしては割りあい着物がボロではなかったですよ」

とダンナに話して、

「ずいぶん虚栄心の強い乞食ですよ、シラミを払っているということを私に言えないんだから」

と言うと、

「それは言えないでしょうねー、恥ずかしいでしょうねー」

とダンナは言ってくれた。が、

「乞食は庶民ではないだろう」

と横でまたインテリ息子が言うのである。

（そうかナ？　庶民と乞食ではちがうのかナ？）

と私はよくわからなくなってしまった。

「それに、乞食に虚栄心なんかないよ」

と言われてしまった。私が困ってしまうと、ダンナが、

「庶民には虚栄心などありませんねー、虚栄心は金持か乞食だけでしょう」

と言ってくれた。

「そんな、それは、勝手な、屁理窟というものだよ、バカバカシイ」

とインテリ息子さんは口をとがらせた。屁と言われて思いだしたので、

「屁をひりますよ、庶民は、みんな」

と私は思わず叫ぶように言った。私もそれでときどき失敗をするからだ。

「やりますねー、屁を、屁は庶民のものでしょう」

とダンナはいつでも私と同じ考えである。私の知ってる漁師の友達だが、

「7百いくつだか、連発で」

と言うと、

「ほー、それは、だいぶ、やりますねー」

とダンナはオカシクなったらしい。が、私はオカシクもないのである。その友人はイカ釣りの舟をたのまれて、艪《ろ》を漕《こ》いで、沖へ行って客がイカを釣っている間、さかんに、ぷーっ、ぷーっとやったのだった。イカがよく釣れて、小さな舟だが舟いっぱいになった。

「船頭さん〱、なかなかやるねー、この舟が浜へ着くまでずーっと屁をひりつづけたら、この釣ったイカをみんなやるよ」

と客はそんなにはつづかないと思ったので、カラカウつもりでそう言ったらしい。

「よし、承知しました」

と、さっきまで遠慮をしていたのだが、そう言われたのではりきりだした。艪をこぐたびに、艪をむこうへやっては1ツ、こっちへやっては1ツ、とやりはじめて、途中から客が数えはじめただけで浜へ着くまで、

「7百8ツだかだったそうですよ」

と言うと、

「庶民ですねー、よくやりましたねー」

とダンナは感心するのである。

「こんなのは普通の場合で、ほんとにやろうとすればもっとやれますよ」

と私は7百8ツぐらいでは感心などは出来ないからだ。朝から晩までとか、夜どおしすれば7百ばかりではない筈である。それに、屁をしようとするには、

「砥石《といし》をけずって食べればいくらでも出ますよ」

と私は教えてやった。

「砥石が食べられますか？　カミソリをとぐ砥石でしょう」

とダンナは不思議がった。

「砥石がけずれるかなア、砥石が」

とインテリ息子も信じないようである。

「けずって食べると言ったって」

と私はツバをのみ込んで、

「水をつけてとぐようにすると、赤い様な、黒い様な泥になるでしょう、あれを食べるのです」

と私は食べたことはないが、その友人から聞いた通りに食べ方を話すと、

「庶民ですねー、そんな、砥石を食べてまで屁をするとは」

とダンナは感心しているのである。

「イカモノ食いとはちがいますよ、イカモノ食いは食通の、金持のすることですが」

と私は説明した。

「ずいぶん乱暴だよ、腹具合が悪くならないだろうか？」

とインテリ息子は言うのだ。

「そんな、そんなことを計算に入れないのが……」

と私は説明した。毒になるとかならないとか、損だとか、得だとかを考えないのが愚者と賢者のちがいで、

「つまり、馬鹿者かも知れないが、そこのところが庶民の生活ですよ」

と私はあわててシャベリだした。庶民の考えだすことは科学的でもなければ軍略家でもなく、自分の出来ることだけの考えと道具でしか間に合せないのである。やはり私の友人の知人だが、入り婿で、姑《しゅうとめ》と仲が悪く、嫁は姑の実娘だが自分と姑では義理の仲である。

いつだったか、姑と気まずくなって、

「出て行く」

　と言って家を出て行ったのだった。出て行くというのは離婚のことである。が、それは腹を立てたその時だけで、すぐ、家へ帰りたくなった。夜おそく家へ帰って行ったのだが、家の外で様子を窺って、女だけなので、

（よし、嚇《おど》してやろう）

　と考えた。そうして家の横の鶏小屋から屋根の上に這い上って、屋根の上をのそのそと歩きはじめたのだった。家の中では女だけが2人、夜中に、ミシッ〱と屋根の上を歩く音がするので震えあがってしまい、母娘で真ッ青になってしまったのだった。（女ばかりだから、強盗でもはいろうとしているのではないか）と男のいないのがつくづく身にしみたそうである。

「庶民ですねー、そんなことをするのは」

　とダンナが言った。

「ネ、爆弾を仕掛けるとか、ピストルをむけるとか、そんな道具なんか使わないでしょう、考えるといっても軍事専門家の様に科学的じゃあないですよ」

　と私は説明したが、

「まだまだありますよ、庶民は、あわてんぼうですよ」

と私はシャベリつづけた。やはり私の友人で、農家だが牛も飼っていて牛乳もしぼっていた。友人なので、そこへ買いに行くと濃い牛乳が手に入るのである。私が買いに行くといつもその友人が出て来るのだが、その日は留守で母親が出て来た。

「まあ、お掛けなって」

とすすめられて、私は腰をおろすと、

「いま、お茶を入れやすジャン」

と急いで竈《かまど》に火をつけた。そうしてお茶を入れてくれたのだが、その友人のお母アさんは大きい鍋を竈に掛けて、

「待っておくんなって、いま、カラ豆でも炒《い》るから」

と言ってカラ豆を鍋に入れた。カラ豆というのは落花生の外殻のついたのである。

「待っておくんなって、いますぐ炒れやすから」

と、急いでいるらしい。ときどき、あたりをキョロキョロ見まわしているのは、これは、あとで判ったことだが豆を炒る箸を探していたのだそうである。あわてているので箸は見つからないのである。そうして、そのお母アさんは手で豆を炒りはじめたのだった。５本の指を熊手の様に揃えて掻き廻すのだが、豆ばかりを掻き廻さないで熱い鍋の底にも指がさわるらしい。

「アチイッ」

と言って手を腰にあてて押えつけて手をさまして、

「待っておくんなって、いま、すぐ出来やすから」

と言った。そうしてまた手でかきまわして、

「アチイッ」

と手を腰にあてて、

「待っておくんなって、いま、すぐに出来やすから」

と言って、また、手で炒るのである。

「庶民ですねー、そんなに、あわてるのは、箸を、落ちついて探さないですねー」

とダンナは言った。

「まだまだありますよ、庶民は、喧嘩などするにも自分のちからなどではかなわないから、ほかのちからを頼るのです」

私の知ってるその家では隣家と仲が悪く、家中の者が皆、気が合わないが、女親どうしは特に仲が悪いのだった。天気が良い日は、

「いいお天気でごいすねえ、今日《きょう》ば」

と挨拶を言ったり、雨が降れば、

「お邪魔のお天気でごいすねえ」

と挨拶をするのだが、雨も大雨が降るとまた違ったことになるのだった。その隣の家は

少し雨が降りつづけば家の中へ雨が洩るのである。

地震、かみなり、火事、おやじ

雨の洩るのと馬鹿と狂人《キチゲエ》

と言って、恐いものは天災と目上の威張る者と馬鹿と狂人なのである。雨が降りつづいてその隣家では洗面器やバケツやタライを家の中に並べて防ぐのだが、それでもまだ畳が水に濡れるのである。雑巾で畳を拭いてはしぼってまた拭いているのだが、それより外に方法はないのである。隣の家ではそれを知っていて、ふだん、憎い〳〵と思っているのでカタキを討つのはこんな時だと、

（もっと降ればいいなア、いいキモチだなア）

と口では言わないが、腹の中では思っているのである。

（もっと〳〵降れ〳〵）

と天に祈っているのである。

「庶民ですねー、それは、天のちからを頼んでいますねー」

とダンナは言った。

「まだまだありますよ、庶民は、易などを見るのもそうですが、ダイタイ、運命にまかせてしまいますよ」

と私はシャベリ続けた。私の郷里の山のふもとに「ふじの田の滝」という所があった。

森の中の湧き水が樋《とい》で流れて浅い池になっている所である。この湧き水は氷の様に冷たいので、その池の水の中でさえ普通の者なら2、3分間ぐらいしか足を入れていることは出来ない程だった。5分間も足を入れておけば足は火傷《やけど》を起した様に痛く、赤くなってしまうほど冷たい池だった。

「ふじの田の滝」は「ふじん田の滝」とか、ただ「ふじん田」と呼ばれて狂人をなおす場所になっていた。滝という名だが滝ではなく、樋で湧き水が落ちてくるだけである。樋で流れて池になって、その池の水でさえ冷たいのだから、直接、樋から落ちてくる滝に触れることは刃物に触れると同じ様な痛さで、この滝の水に触れることを「お滝にあたる」と言うのだった。コタツや焚火の様な暖かいものにあたるのと同じ様に、この滝は冷たいが「あたる」と言われているのだった。神仏が祀ってある森でもないのだから信仰の滝でもなく、ただ近づいただけでも接した様に感ずるからかもしれない。事実、そのそばへ行っただけで夏でも涼しくなるのである。狂人を治すにはこの滝に直接あたらせるのだが、普通の者でも「冷え性の者に効く」とか「のぼせ性に効く」「高血圧に効く」と言われていて、この滝にあたりに行くのだった。その人達のためには特別の樋があって、元の太い滝から別に針の様に細く落ちて来る滝が3、4カ所もあるのだった。暑い夏は涼みに行く者達もあって森は賑《にぎ》やかになる程だが、3、4カ所しかない細い滝でも並んで待つようなことはないのである。ちょっと、あたれば痛くなるほど冷たいのですぐやめてしまうからである。普通の者は「あたる」と言うが、狂人は「打たせる」と言うのだった。太い、元の樋から落ちて来る滝に頭を押えつけて打たせるのだった。狂人でも苦しがって暴れるので、手と足を縛りつけて滝の下の石に坐らせるのである。それでも苦しがって身体を池の中に倒してしまうので、付き添いの者達が両脇で狂人の身体をささえているのだった。「脳天を打たせなきゃア効かん」と言って頭のまん中に滝を打たせるのだが、1回打たせるのに2時間ぐらいで、午前と午後と2回ぐらいだが、1週間か10日ぐらい打たせるのである。付き添いの人達をつけて「ふじん田へ行く」ので費用もかかるのだった。費用がかかって困る家では1日の回数を多くして、時間も長くすることになっていた。私が行った時は男の狂人が細紐で縛られて打たれていて、ワイワイと苦しがって騒ぐ声は遠くで聞けば経文を唱えているようである。頭の上から太い滝が落ちていて、

(あれでは、息をすることが)

と私は目をそむけてしまった。そうして、気がついたことは、ふじの田の滝へ行けば「狂人《きちがい》が治るか死ぬかどっちかだ」と言う言葉だった。治ると言っても暴れる狂人が静かになるぐらいなのである。性根もなくなって暴れる勢いがなくなるか、死んでしまうかどちらかなのである。

「ふじん田のお滝へ行ってよくなりやしたが、2、3日たって死にやしたよ」

と、ほとんどの狂人はそんなことを言われるのだった。殺す様な治療方法だが、それで

もふじん田の滝へ、

「連れてって貰う」

と言って肉親の者は行かないのである。治るかもしれないが死ぬかもしれない、イチかバチかのどちらかなのだから、肉親の者は連れて行けないのである。

「庶民ですねー、イチかバチかとは」

とダンナは怒った様に目を開いて言った。

「運を天にまかせるのですよ、それに、腰や足が冷えるのは、腰や足の血がアタマに行ってるので、冷やせばその血は腰や足へ帰って行くので、つまり血というものは米俵へ米がつまっているのと同じで、上がカラなのは下から持ちあげて、下がカラのときは上から下へつめ込めばいいので」

と、そこまで説明すると、

「庶民ですねー、成程」

とダンナは言った。

「まだまだありますよ、庶民の条件は。庶民は騙されやすいですよ」

と私は続けてシャベリだした。もう、かなり前のことである。今は双生児《ふたご》が生れると
「外国では双生児は珍重されるらしい」と言って大切に育てられるが、古い人達は双生児を産むと「畜生腹」などと蔑《さげす》まれて、産んだ母親が恥ずかしい思いをしたのだった。母親

ばかりでなく、その家の一家族や家系までが下等動物の様な思いをするのだった。

「いまでも、双生児を産むと、そんな風に思われますねー、犬や猫の様だと」

とダンナはよく知っていた。私の知っているその母親は生涯、たった1ッ、自分の子供たちにも言わない秘密があったのだった。その母親はその家に行っても決してその家の裏の畑に行かないのだった。その家は自分の実家——里の家なのである。里の家に行くときは自分の子供を連れて行くのだが、その子供だちが裏の畑の方へ行って遊んでいるときなどは「身がちぢむ」ような思いをしていたらしい。裏口の横に「七面大明神」という1メートル四方ぐらいの石垣を積んだ小さな城の様な祭壇があって、そこへ拝みには行くが、そこからでも畑の方は見ない様にしていたらしい。裏口と畑の境にグミの木があって、グミの実の赤くなる頃、そのグミの実を取りに行った子供が、「手がよごれたから」と手を洗おうとしてさえも、

「どこの土をつけて来た?」

と真ッ青な顔になる程だった。それは、もう20年も、30年も前のことだろう。その母親はお産をするために、その実家へ帰ったのである。そこで、妹と産婆に助けられて子を産んだのである。産婆は「取り上げ婆あさん」と呼ばれて、お産に慣れている年寄りの女が副業のようにしていたらしい。そのお産は「ねむり腰」と呼ばれる難産で、

「生れそうになると眠くなってしまうのでごいすよ」

という長い時間のかかるお産だった。苦しい陣痛が続いて、生れだすと眠くなって母体のちからは抜けてしまうのだった。

「眠ッちゃア、だめでごいすよ。早く、ゆすって、おこさなくちゃア」

と産婆は産婦と妹をはげまして汗びっしょりになって、ようやく1人の子が生れた。いそいで産湯をすませて、産婆はまた襷《たすき》をかけておどりあがるように立ち上った。

「アレアレ」

と妹は真ッ青になった。お産はもうすんだと思ったからだった。

「まだあとが生れやすよ、双子《フタツッコ》でごいすよ」

と産婆は言った。気も失いかけている産婦の耳許《みみもと》へ、怒る様に、

「双子《フタツッコ》でごいすよ、どうしゃアす？　あそこの○○さんでも双子《フタツッコ》だったので、わしが始末をしゃアしたよ。向うの村の○○さんでも、そうしゃアしたよ。あそこの△△さんでも坊《ボ》子《コ》が多くて困って、わしが始末をしゃアしたよ。どうしゃアす？　フタツッコだなんて言われて畜生みたようだなんて言われるより……」

と必死で産婆は言い聞かせたのである。産婦の脂あせが流れている顔は茫然としているだけだが、咄嗟《とっさ》に、

「お願いしゃアす〳〵」

と素早く口走った。あわててきめてしまったというより、教えてくれるとおりにしたのだった。

また1人、あとから生れたその子は声をたてないうちに盥《たらい》の水の中に全身を入れられて、産婆は両手で首すじを摑んでギリギリと締めつけた。

そうして、

「裏の、畑を掘って、いけてきゃアすから」

と産婆は埋める始末もつけたのである。その産婆は、その時は感謝されるけれどもあとでは悪く言われるらしい。かげでは、

「あのオサンバさんの家の縁の下からは赤ん坊の泣く声が聞える、夜中に」

と言われたそうである。騙して、悪いことをすすめる婆あさんだと恨むのである。

「庶民ですねー、騙されて、そんな罪なことを」

とダンナは言った。ここまで私は話をしていたが、私はこの産婆さんの方が庶民ではないかと気がついた。他人《よそ》の家の心配ごとを自分の心配ごとと同じ様に思って、この産婆さんは一所懸命になったのだと思ったからである。

「庶民ですよ、そのオサンバさんの方が」

と私は言ってみた。

「そうですねー、やっぱり」

とダンナも言った。

「そのオサンバさんは、そんなことをしても自分の得にはならないですよ、特別サービスをしたからといって余計なゼニを貰うのでもないらしいですよ」

と私は説明した。さっきまで私はその産婆を悪い奴だと思っていたが訂正してしまったのである。

女中さんが酒を持って来た。

「これは、金沢の、鮒《ふな》の甘露煮ですよ、たべてごらんなさい。鮒だから庶民ですねー」

とダンナは酒の肴《さかな》を説明してくれた。いなくなっていたインテリ息子がいつのまにか私の横に坐っていた。ダンナは酒をのみはじめたが私は酒が嫌いなので鮒の甘露煮をムシャ〳〵食べながらシャベリつづけた。

「庶民の条件はまだまだありますよ。庶民は、だいたい、デタラメです。意味の判らないことなどは、判らないことできまりがついてしまいます。つまり、何事も深く考えなくてもいいのです。正月のかるた取りなどの、小倉百人一首なども、あんな和歌の意味など判りませんよ。だから、意味を考えないで読むから読みかたも違いますよ、デタラメだけれどもそれですんでしまうのですよ」

と、私達がかるた取りをするときの読み方を思いだしてみた。

モモシキやふるきのきば、は

モモヒキが古くなったらツギをたえ
　なおあまったら雑巾に刺せ
で、百敷《ももしき》は大宮とか皇居の枕詞《まくらことば》なのだが、そういうことは判らないので、股引《ももひき》のことだときめてしまうのである。だからこの歌は古くなった股引のことをうたった歌だと思うので、そういう風に読みあげて、そう読めば歌の意味が判る様な気がするのである。
　やまのおくにもしかぞなくなる、は、
山の奥にも鹿ぞキャン〳〵、で、
はげしかれとはいのらぬものを、は、
はげしかったら拾ってごらん、で、
　ふじのたかねにゆきはふりつつ、は、
富士の高嶺に雪はジャン〳〵、又は、
………………雪はシトシト、で、
　うしとみしよぞいまはこいしき、は、
牛《ギュウ》と見し夜ぞ今は恋しき、で、
あらわれわたるぜぜのあじろぎ、は、
現われわたるべべの網代木、で、
　　（べべは方言で女の局部のこと）

かけじやそでのぬれもこそすれ、は、
掛字の袖まで濡れんとこそすれ、で、
もみじのにしきかみのまにまに、は、
紅葉のにしき紙がクチャ〳〵、で、
むべやまかぜ、は、
むベサンプウ、で、
みかさのやま、は、
サンカサ山、で、
くものいずこに、は、
雲のどこかに、で、

「意味の判ったところだけ変えることが出来るのですよ。ソコ以外はぜんぜん意味がわかりません」と私はダンナに説明した。なかには意味を判ろうとして「百敷や」のようなものもあるが、

まだふみもみずあまのはしだて、は、
まだ踏んでみん嬶《かか》アのキンタマ

で、この歌は、せまい部屋に沢山寝ている家などでは、夜なかに便所などに起きて歩くとき、よく、家族の者の足などを踏むことがあるからである。

「実感がでているでしょう？　実録ですよ」

と私は説明した。だから「まだ踏んでみん嬶アのフンドシ」などとも読みあげるヒトがあるけど、その方は、すこし、色気の意味があって、「嬶アのキンタマ」と読む方は、全然、色気はないらしい。ただ、家の狭さだけを歌っただけだと思う。西行法師の「歎《なげ》けとて」の読み札には世をはかなんだ西行法師の「泣きべそをかいている」ような絵がかいてあるのである。だから、読む方では途中から絵の方を読んでしまうのである。

「歎けとて月やは物を思わする、かこち」まで読んでそれからさきは絵を読んで、

歎けとて月やは物を思わする
　かこち坊主の面の憎さよ

と読むのである。

「庶民ですねー、実感がわいていますねー」

とダンナは言ってくれた。

「まだまだありますよ。庶民はデタラメだけども、生活に関係していますよ」

と、私が、以前、金に困って線路工夫の手伝いに行った時のことを思いだした。私は金に困ればなんでもやったものだった。同じ仕事をするのは嫌いで、したことのない仕事をした方が楽しいからだった。これは、金持がいろいろな、珍しいたべものを食べたいのに似ているのかもしれない。線路工夫も慣れている者と、私の様にその場かせぎの者とは持

場も違って、慣れている者は4人で1組になって枕木と枕木の間を先の平たいツルハシで突き固める仕事をするのだった。線路の土に高低が出来て枕木が浮いている所へ砂利を突き固めるのだが、4人でやれば平均に固くなるからである。私のはシャベルで枕木と枕木の間の土を真中へ盛り上げる仕事で、そのあとを4人組が砂利を突き固めるのである。だから私は4人組とは離れて1人で、遠くでシャベルを使っていた。4人組がツルハシを振りながら唄う歌は、

くにのどうみゃく、ほせんのたましい

と歌って、掛声が、

エンヤコリャナー〳〵

とつづくのだった。この歌詞もあとでよく聞いて発音と意味が判ったのだが、初めはどんな唄を歌っているのか発音がよく判らなかったのだった。掛声も、弁当を食べる時にはっきり教えてもらうと、エンヤコリャナーではなく、

ヨイソレナー〳〵

と歌っているのだった。私が遠くで聞けばエンヤコリャナー〳〵だが4人組はヨイソレナーヨイソレナーと歌っているのである。これは、私の聞きかたが悪いのではなく歌いかたが悪いのである。そうして、歌いかたが悪いのではなく歌いかたがまずいのだった。それは、歌いかたがまずいのではなく仕事に疲れているので息づかいも発音もデタラメにな

ってしまうのだった。テレビで人の前で歌って聞かせる歌ではなく、同じことばかりを1日中くりかえしている疲れた身体から洩れて出る息づかいの歌は楽しい様な、たくましい様な、岩乗な筋肉の男たちには悲しみも苦しみもない掛声なのである。

「とても、私などには真似が出来ませんよ、あの歌は」

と言うと、

「庶民ですねー、エンヤコリャとヨイソレナーではダイブちがうでしょう、あなたなどカナワナイでしょう」

とダンナが言うので、私はがっかりしてしまった。それで、

「まだまだありますよ、庶民の条件は、庶民は貧乏でケチで生活がキタナイと思っていたらとんでもないですよ。金持の方はケチではないけれども欲が深いのですよ」

と、私は知っている或る立身出世の金持の人を思い出した。もともと、村長さんの様な家柄の生れで、都会に出て、巨万の富を積んだ人だが、この人が部下の社員に訓辞をするのに「三角主義」というのが自慢だった。三角主義というのは「義理カク、恥カク、汗をカク」というのだった。これが成功の秘訣で、その人が死んで、順に下から1段ずつ偉くなって、専務取締役が社長になった。その人は「四角主義」という極意を社員に訓辞したのだった。これは、三角主義にもう1ツふやして、「義理カク、恥カク、汗をカク、ヒッカク」という主義だった。つまり、汗水を流して働け、義理も恥もかいて、人から物を奪

わなければ成功はしないという教訓だった。

「それから、庶民が怖いものは世間ですよ。政治家は敵の軍隊が怖いが、庶民は世間——つまり、他の批判とか噂が怖いのですよ」

と、私の知っているその人は妻に死なれて後妻を貰ったが、死んだ妻との間に出来た男の子——後妻には継子《まゝこ》だが、この男の子を後妻は可愛いとは思わないのだった。憎いようにも思っているらしいのを父親は知っているが、新しい妻も可愛いので知っていても知らない様子をしていたのだった。近所の人達には、

「よく、子供を、可愛がりますよ、わしなんぞより可愛がるので、わしが頭が下るぐらいで」

と言って世間体をうまく繕っていたのだった。これは、世間体をごまかしていたことにもなるのだが、それ程、近所の人達の噂を怖れていたのだった。いつまでもごまかしが続くものではなく、或る時、チョコレートの箱詰を貰って、それを、継子の男の子に食べられるのが怖ろしく、菰に包んで納屋の屋根裏に匿《かく》しておいたのだった。男の子は食べたい一心で、たしか、3日も4日もかかって、とうとう見つけだしてしまったのだった。見つけだしたが子供心でも継母の心のなかを知ったので、怒りだしたのだった。まだ小学生だが、

「菰にくるんで納屋の高いところへ匿した〱」

と近所の人達に泣き声でシャベると、

「とんでもねえ継子いじめだ」

と近所の人達も怒りだして父親に向って意見の様な悪口の様な知らせかたをしたのだった。

「とんでもねえアマだ」

と父親も怒りだした。この父親は子供より妻の方が大切で、あとで、男の子は高校を終えると家出をしてしまう程、継母の冷たさは続くのだが、また、それも仕方がないと思ってしまうほど父親は後妻の方を大切にしていたが、このチョコレートの時は怒りだしたのである。納屋のそばの道の向うの太い欅《けやき》の木の根元に後妻を縄で縛りつけて、

「このアマ、なんちゅう悪い奴だ」

と棍棒《こんぼう》で頭でも腰でも横腹でも、ところかまわず殴りつけた。

「ヒイヒイ〳〵」

と後妻は泣いて、

「わしが悪かったからカニンしておくんなって」

と謝って、近所の人達も、男の子もそれで腹いせが出来て、

「もうおよしになって、そのくれえでよオごいす」

と仲裁にはいる様な止めかたをした。それですべてが解決したのだった。近所の人達も

男の子も腹いせが出来たような気がするし、継母の心も改まると思ったし、父親も世間体を繕うことが出来たのだった。あとで、男の子が高校を出てから家出をした時、

「あんな事《コン》もあったけんど、あとじゃア、夜中にゃ、お神さんに謝《カッ》ッつらよ」

と近所の人達は欅の木に縛りつけて叩いたときのことを噂にしたが、ただ、あの時だけでも、世間体のために父親が後妻を叩いたときは、

「凄かったですが、恰好がオカシかったですよ」

と言うと、ダンナも、

「それはそうでしょう、オモシロかったでしょう」

と言う顔はもう酒がだいぶ廻っているらしい。私のおシャベリを聞いているのか、聞いていないのかアヤシイので私は帰ることにした。

外へ出ると秋の風は冷たかった。この上高井戸のダンナの家へ来ればいつでも私はおシャベリをして帰って来るのである。おシャベリをした後は楽しいが、また、恥ずかしいような気持にもなるのである。おシャベリをすることは悪いことだろうか？ などと考え込むのは庶民だからかもしれない。いや、庶民ではないからかもしれないと、私は、その場その場だけの口から出まかせのことを言ったり、考えたりするのだった。

いく日かたって私は用事があって京都へ行った。晴れた秋の日で京都駅のホームの中には、あちらにもこちらにも晴れ着姿の女の子が目についた。（祭りかな？ きょうは、）と

思いながら市電の乗場に行くと、ここにも振袖の女の子が多く、どの女の子も手に千歳飴を下げているのに気がついた。(七五三の、祝い日だ、きょうは、)と気がついた。用事で来たのだが、祭りや祝い日だと知ると私は仕事のことなど忘れてしまって、どこかへ遊びに行きたくなった。秋の京都は紅葉だが、高雄の紅葉はまだ早いらしい、清水の紅葉はもういろづいているかも知れないなどと、あてもないが私は市電の東山線に乗った。祇園の電停で止ると電車の中の女の子だちはみんな降りるので私も続いて降りた。見上げると八坂神社の門は秋の陽にまぶしいように赤い。女の子だちは親だちに囲まれてお人形のように石段をあがって行くのである。私も石段を上った。上から四条通りを眺めると晴れ着姿の女の子は行列の様である。市電から降りて来る者や、タクシーで乗りつける者、歩いて来る人達、生きものがうごいて、ぞろぞろ移動している光景に私は目を見張った。

(そうだッ)

と私は目が痛くなるほど悲しくなった。この女の子だちの、この晴れ着は、だれが支度したのだろう、この支度をするにはどの家でも一所懸命にならなければ出来ない筈なのだ。

(誰が、この支度をしたのだろう)

と私は急に悲しくなってきた。そこにいる女の子の母親の、蓬《よもぎ》模様の外出着は、誰も着ていない程むかしの衣裳《いしょう》である。女の子の豪華な、絵巻のような晴れ着は、この色あせた衣裳の母親がどんな風に支度したのかしれないのである。そうして、ここに来る女の子の家では、誰もが必死になって支度をしたのだと思った。

（そうだッ）

と私も女の子の晴れ着の支度をしたくなった。姪の京子は来年は7歳になるのである。（来年の祝いには、私が支度しよう）と思いつくと急いで石段を降りて市電に乗ろうとした。人のいのちは来年まで生きていて支度が出来るのか出来ないのかわからないので、すぐにも買いたくなったのだが、金も持っていないのである。それでも、晴れ着の値段の様子でも知りたくなったからだった。石段を降りると、横から、さっと、自転車が来て止った。急ブレーキで止って、カーキ色の菜ッ葉服の男がよろけるように自転車から飛び下りた。その自転車のうしろの荷つけには振袖姿の女の子が乗っているのである。黒い紋付の振袖の大きい牡丹《ぼたん》の花模様は、色のさめた古い花嫁衣裳を子供用に直したのである。菜ッ葉服の男は父親だろう、荷つけの女の子をおろして石段の下でキョロキョロあたりを見まわしているのは、これから石段をあがって行くのだが、自転車の置き場所を探しているらしい。が、交通量の劇しいこの石段下にはそんな空地はないのである。あわてているのか、急いでいるのか、さーっと両手で自転車を持ち上げて肩に担いだ。

「ミーコ、着物がまにおおてよかったなア」

そう言いながら片手で肩の自転車をささえて、片手は女の子の手をとって、突ッ込むように雑沓《ざっとう》の中へはいり込んで石段をあがって行った。

おくま嘘歌（『庶民烈伝』その一）

（楽譜　著者自筆）

おくまは今年63で、数えどしなら64だが、「いくつになりやすか？」と聞かれると、「そろそろ、70に手が届きやアす」と言って、数えどしでは66にも、67にもなるように思い込んでいた。もう老耄《おいぼ》れて、役に立たない様に思われて、（それだけんど、まだまだ、そんねに）と腹のなかでは言ってるのだった。毎年々々としの数がふえるのは悪事の数が重なる様に怖ろしく、「いっそくとびに80になりゃいいけんど」とグチをこぼすように言ったりして「生きているうちだけは達者でうごいていたい」というつもりで言ってるのだった。おくまは本当の名は「つば」というのだが死んだ亭主の名が熊吉で、亭主からは「お前《マン》、お前《マン》、」と呼ばれて、近所の人達には「熊さんのオバさん」と呼ばれたのだった。亭主の仕事は大工だったが「叩き大工」の腕しかなく、鉋《かんな》けずりと釘のアタマを叩くだけで「クマ、クマ、」と親方に使って貰うように、稼がせて貰って死んで行った。亭主は「クマ、クマ、」としか呼ばれなかったがおくまが「熊さんのオバさん」から「おくまさん」と呼ばれるようになったのは、おくまは色が黒くて背《セイ》が低く、足が短くて四角の様な肩はばで、顔はでかいが眼が細く、アタマが小さくて頸《くび》が短く、頸を廻すには身体も廻すので「熊の様な恰好だ」からではなく亭主の熊吉より気がきいていて、ひとに親切だし、正直だし、働き者なので「クマのおかみさんには過ぎた者だ」と言われてグズな亭主のクマより呼びかたを遠慮されたのだった。おくまも本当の名の「つば」と呼ばれると唾液の「ツバ」の様だし、「おくまさん」と呼ばれれば亭主の名を聞いている様な気がするのだった。

亭主は叩き大工だったが息子は19の時から電気会社に24年も勤めて今では集金の主任になったのだった。嫁はおくまより過ぎた者で「こんな家へ、貰えるような嫁ではない」と思う様な大百姓の家から来たのである。息子がまじめで評判がよかったからだった。おくまには息子1人と娘が1人で2人しか子はなかったが息子は5人、娘は4人も子を持ったのでおくまには孫が9人もあるのだった。集金主任の息子の勝男は親思いだし、嫁も気だてがよく、なんでも話し相手にしてくれるのである。娘のサチ代も運がよく、2里ばかり離れてはいるが「駅へ出ている人」に嫁に行って、今ではその婿は助役になったのだった。

おくまは息子夫婦や孫だちと一緒に暮していた。去年、家も建て直したし、一番うえの孫は今年、大学の試験が受かって東京へ行って、一番末の孫も小学校へあがっていた。裏の畑は「猫の額ぐれえの、7畝しかごいせんが」とおくまは言うが、葱も茄子も大根も、トマトやジャガ芋やいんげん豆もおくまが1人で作って家で使う野菜などは間に合せているうえに鶏を30羽も飼っていた。たまごは売るのだが「ダメでごいすよ、たまごを産む率が悪くて、餌代にもならんでごいすよ」とおくまは言うが、年寄りに出来る仕事はこんなことのほかにはないと思って一所懸命に飼っていた。家で食べるたまごは買わなくてもいいし、売った卵代は（ちっとばっか、トクになるから）と採算をとれば儲かっているのだった。だからおくまがよく、

「ワシなんか、厄介者《ヤッケエモン》でごいすよ」

と、よその人に言うが、嫁は、

「おばあちゃんがいなけりゃ困るに」

と言って、嫁の言うのが本当のことだった。

このごろは、熊のように黒いおくまの顔にシミが出て、シミも黒いが黒さが違うのでアザのようだった。嫁の自慢はおくまが鶏を育てることがうまいことだった。

「5羽や6羽のヒヨコなら、手ノヒラの上で育ててしまいやすよ、おばあちゃんは」

と、よその人によく言うがおくまは育雛《いくすう》もうまいが飼い方も上手だった。おくまの家の鶏はよその鶏よりもたまごを産む率が多く、

「飼い方がうまいのだよ、何か、秘伝《コツ》があるら？」

と聞かれたりすることもあるほどだが、

「なに、そんなこたア、ごいせんよ」

と言って言わないがおくまの胸の中には思い当ることがあるのだった。

晴れた日で、鶏小屋は日当りがよく、おくまは腰をかがめて鶏を眺めていた。鶏を眺めているのが好きで、鶏は餌をたべたり、砂をあびたり、水をのんだりいつでも同じことをしているのだがおくまはそれを長い間見つめていてあきないのは、鶏を眺めながら考えごともしているのだった。おくまの楽しい考えごとは娘のサチ代のことだった。サチ代はまだ37なので若いが4人の子供の世話をすることで追われているのである。末の子は3ツになったばかりの男の子で、肥って重たいがまだおむつの癖がついているのに、飛び歩くので目が離せないし、ほかの子も男ばかりなので女の仕事はサチ代だけなのである。サチ代は子供のめんどうをしながら食事や洗濯で暇がないのである。

（あしたあたり、サチ代のところへ行って来よう、行って、少しでもサチ代の手助けをしてやって、それだけサチ代の身体を、楽をさせてやろう）

と行きたくなったのだった。今日は鶏が卵を産む数が少なく、いつもは20個も産むのに今日は昼すぎになっても7個しか産まないのである。こんな日の次の日はびっくりするほど産むことをおくまは知っていた。

次の日、おくまは朝早く鶏に餌をたくさん食べさせた。少しになったおくまの髪の毛だが丁寧にとかして小さいアタマのうしろへ小さく巻いた。家の前を通るバスに乗るのだが途中で乗り換えなければならないのである。20分おきに通るバスだが乗り換える先のバスはなかなか来ないのだった。

「ちょっくら、行って来るけんど」

とおくまは嫁に言った。夕方の鶏の餌の分量も計っておいたので、

「夕方《バンカタ》にゃ帰《けえ》って来るけんど、あそこへ、夕方《バンカタ》の餌を計っておいたから」

と嫁に頼んだ。出かけながら垣根の隅の山吹の枝を折ってまた裏へ引き返した。裏の畑の境に猫やなぎが開ききっているがまだ咲いていたのである。山吹と猫やなぎと卵を手土産に持っておくまは家を出た。が、また帰って来て家の中の嫁に、

「そんねに産まんと思うけんど、今日の卵はユデて、子供だちにやってくりょオ」

と声をかけた。今日は沢山産むと思うが、嫁はいつも、よく産むことを自慢しているので（やっぱり、よく産むものだ）と思わせたかったのだった。

バスに乗ればサチ代の家の様子が目に写るようだった。笛吹の橋を越して三ッ辻で乗り換えのバスを待っているあいだも足はうごきだすように落ちつかないのである。バスの前の店でせんべいを1袋買って待っていて、やっと、乗り換えのバスが来て、転がるようにおくまは乗り込んだ。

サチ代の家へ着いておくまは裏口から入って行った。何げなく来たように思われたかったからだった。家の中では話し声がしていて近所の女《ヒト》でも来ているらしい。末子の孫のシ

ゲオが縁側にいるので、

「坊《ボー》ー、坊《ボー》ー」

とおくまは言って抱きつく様に抱え上げた。ゴム毬の様に柔らかいが重たくて片手に持っている花もせんべいも卵も潰れそうである。あわてて縁側へ置いて抱き直した。

サチ代が、

「あれ、おばあちゃんが来たよう、坊《ボー》の顔を見たくて」

と言ってこっちを向いた。孫の顔を見たくて来たのだとサチ代は思ってるので、

「坊の顔を見たくて来たのオジャンけ」

とおくまは嘘を言った。シゲオの顔も見たいが娘のサチ代の顔を見たくて来たのである。だが、シゲオの顔を見たくて来たと言った方がサチ代は喜ぶだろうと思ったからだった。おくまがサチ代を可愛い様にサチ代は自分の子供の方が可愛いのである。

「あれ、よかったよオ、まったく、坊は」

とおくまは意味もないことを言いながらシゲオを背負《おぶ》った。

「あれ、まったく、よかったよオ」

と言いながらおくまはのろのろ廻り歩いた。ひょっと、縁側の上の洗濯物の竹竿の先が目についた。あそこの、吊してある紐は、この前に来た時も気がついたのだが片方の紐は戸袋のかげから吊してあるのだった。少しななめになっていて曲っているのである。壁の

柱へ釘を打てばよいのでこの前来た時に打ち直そうとしたのだが高い所なので台がなければ打てないのだった。（こんどは、忘れないで、台を見つけて）とおくまは思った。

シゲオを背負《おぶ》っているとすぐおくまの肩は痛くなった。が、まだおぶったばかりである。シゲオは来るたびに大きくなってこの前来た時よりも重いのである。いま、おぶったばかりだが、

（こんなにすぐ肩が痛くなっては困ったものだ）

とおくまは隠れるように裏へ行った。おぶっているのが重そうに思われては困るからだった。シゲオをおぶっている間だけはサチ代の身体が楽になる筈だが、おぶっているのが苦しい様に思われてはサチ代の方でも心苦しく思って気休めにならなくなってしまうのである。せっかく、サチ代の身体を休ませようと思って来たのにかえって心配をさせてしまうのである。おくまはシゲオをおぶって裏の桑の木の横から麦畑へ出た。歩いている方が時間がたつのが早いように思えるからだった。そうしておくまは遠くまで行って来たのだった。家の横へ帰って来た時は肩がシビれる様になってしまったのである。さっきの縁側のところへ帰って来ると、サチ代はまだ近所の女《ヒト》と話しあっていた。

「あれ、今までおぶっていたのけえ?」

とサチ代が言った。

「よく、そんねに重い坊子《ボコ》を」

と、話している近所の女《ヒト》も言った。
「なーに、いっさら、クタビれんでごいす」
とおくまは嘘を言った。疲れたと言えば、また次におぶった時にサチ代が心苦しく思うからである。
「おばあちゃんは、おぶうのが慣れてるから」
とサチ代が言った。おろそうと思って帰って来たのだがもう少しおぶっていようと思った。
「なーに、いっさら」
とおくまは言った。シゲオは石の様に重たく肩が毟《むし》れそうである。サチ代が、
「寝るかも知れんよ、眠そうな眼だよ」
と言った。おくまはこのまま眠らせようと思った。おくまの歌う子守唄は手毬歌で、
ひとつ、ひと代さんはオメメが痛いよ
ふたつ、ふな代さんは太い川へ落込《ツッペッ》た
みッつ、みち代さんはみんなのお顔を突つくよ、
と、歌の意味などは考えないで口から出まかせである。本当の歌はこんな歌ではないがそんな歌の文句を思いだして歌っている余裕はないのだった。おくまのアタマの中はぼーっとなっているのだった。

よッつ、よしのさんはよその畑へツン向いた
いつつ、いちよさんは、
と歌ってそこからさきは口の中で歌っているだけである。

「うーうん、うーうん」

とふしまわしだけを口の中で言ってるだけになった。大きく息をするのを隠そうとしているのだった。のろのろ歌って、のろのろ歩き廻って、そうしてシゲオは眠った。

「寝たから、そーっと」

とサチ代に抱かせて、受取るようにまた抱いてそっと畳の上に寝かせて、（よかった）とおくまは思った。

夕方ちかくまでおくまはサチ代の家にいた。

「晩めしは、蕎麦《そば》でも」

とおくまが言いだした。蕎麦を作るのはサチ代よりおくまの方が上手なのである。サチ代よりおくまの方が力を入れて作るので蕎麦は上手に作れるのである。蕎麦粉を煉《ね》って、のし棒で延ばして、蕎麦を作ってやって、おくまも食べて帰ることにした。

「それじゃア、帰《けえ》るよ」

そう言って、おくまは裏口から帰って行った。かなり行ってからおくまはサチ代の家へ引返してまた裏口から入って行った。

「さっき、家の横に梯子《はしご》があったけんど」

そう言いながら家の横へ廻って梯子を持ち出してきた。縁側の物干竿の釘を打ち直すのを忘れたからだった。おくまは金槌を持って釘を口に銜《くわ》えて木登りの様に梯子を昇って、トン／＼と釘を打って、這うように降りた。

「それじゃア、帰《けえ》るよ」

とまた声をかけて帰って来た。

家へ帰ると夕食がすんだ後だった。お膳の上には飯がすんだ後の茶碗や皿や箸がまだそのままになっていて、これから嫁が後をかたづけようとするところである。おくまは、ほっと、お膳の前に腰をおとした。が、すぐ茶碗や皿を台所へ運びだした。

「あれ、おばあちゃん、わしが洗うからいいよ」

と、嫁が風呂場で火を燃しながら言うけど、

「なに、いいよ／＼」

とおくまは茶碗を洗っていた。疲れているけれども娘の家へ行って働いて、疲れて帰って来ては申しわけないような気がするのである。また、そんな風に思われてはこの次、サチ代の家へ行くときに気がひけるのである。

「バスへ乗ったり、疲れつら」

と、向うで新聞を見ながら息子も言うけど、

「なに、いっさら」

とおくまは嘘を言った。

暑い夏の日、風が少しもなく、まわりの空気は鉄の板で締めきられて止ってしまった様にシーンとしていて、陽の光が地の上へ照りつける音がしているような昼さがりである。ぽーんと、野球のボールが飛んできて物置小屋の壁に当った。その物置小屋の中の藁束におくまは藁をかぶる様に腰をおろしてうずくまるようにうごかないでいた。東京の大学へ行っている孫の安雄が友達を連れて帰ってきたのである。そのお友達に、熊の様なおくまの姿を見られては安雄が恥ずかしい思いをするではないかと、

「狒狒《ひひ》の様な、おばあさんだ」

などと言われるから、

「わしゃ、隠れるようにしているから」

と、嫁には本当のことを言って、安雄には、

「アタマが、重てえから、少しグアイが悪いから」

そう言って物置小屋から外へ出ないようにしていた。

おくまは数えどし72の春、病んだ。秋まで病んで1度恢復《よ》くなって、

「そろそろ、いちねん近くも起きられなんだでごいす」

と言って1年以上も病んだと思っていた。歩こうとすれば歩けるようにもなったが、高《たか》

箒《ぼうき》で庭を掃いていて石につまずいて転んで、それがもとでまた寝ついた。

(こんなことじゃァ困るなァ、庭を掃くことも出来んじゃァ)

と、おくまは、もし、病気は恢復《かいふく》しても思うように身体が動けないことを察した。

また寝ついたおくまは嫌いな食べものが多くなった。

「油ッこいものはダメだ、舌がまずくて」

と栄養価のありそうな物は嫌いになってしまったのである。息子が心配して、時々刺身やうなぎの蒲焼を買って来たが、

「舌がまずくて、食いたくねえ」

と食わなかった。孫だちがトコロテンなんか、栄養はねえ」

「トコロテンなんか、栄養はねえ」

という声を耳にはさんだ。おくまは、

「トコロテンは?」

と聞かれたので、

「トコロテンはいいら、口あたりがいいら」

そう言って美味《うま》そうに食べた。

おくまは嫁に教えるように、

「鶏を飼うにゃ青いものをやらなきゃァだめだよ、小《チン》く切《ビ》って、青いものを小《チン》く切《ビ》ってや

るだけヒヨコは育つよ、親になっても青いものをやらなきゃアたまごは産まんよ」

と、おくまの飼い方をしつこく、くりかえした。

おくまは死ぬ時も嘘を言った。枕許で息子夫婦やサチ代が、

「よくなれし、よくなって」

と言って泣いてくれるので、

「ああ、よくなるさよオ、よくなって、蕎麦ア拵《こしれ》えたり、サチ代のうちへも遊びに行くさ」

と言った。おくまは数えどしの72の秋死んだが身体が動けなくなってしまったので自分では80にも、90にもなったと思っていた。

お燈明の姉妹（『庶民烈伝』その二）

おセンさんの家は田んぼの中の一軒家で、まわりの村のどれにも属してはいないのだそうである。これは、おセンさんの家の自慢になることでおセンさんの家の1軒だけが他の村の家とは違っていることを証明することにもなるのだった。村と村の間の広い田や畑の中に掘立小屋のように建っている一軒家だが、自分の田や畑は少しもないので、「私家《わしらん》の家《うち》は百姓じゃごいせんよ」と、おセンさんの家では言っているのだった。「まわりの村の人達は百姓だけんど、私家《わしらん》の家《うち》は月給取りでごいすよ」と威張っていて、まわりの村の家を馬鹿にしているのだった。それというのもおセンさんの家は普通の家とは違っていて、8畳と6畳しかないトタン屋根のバラック建てのような粗末な家だが、家の中に入れば、8畳の床の間の柱だけは黒光りのする太い大黒柱で、床の間いっぱいに直径が1メートル、天地は2メートルもある大きい提燈《ちょうちん》が吊り下っているのである。この中は電気もつくのだが、以前はローソクだったのだそうである。その大提燈には黒い太い字で「八大竜王」

の名が書いてあるのだそうだが、太すぎる程の大きい字だし、くずし字なので、誰にも読めないのだった。おセンさんにも読めない模様のような字だが、この大提燈を「お燈明」とおセンさんの妹弟だちは呼んでいて、まわりの村の人達はおセンさんの家のことを「おとーみょー」とも呼んでいた。このお燈明の中は「神サンが来て宿る場所」だと言われているのだった。だから「おとーみょー」の家は他の家とは違って神の宿屋なのである。まわりのどの村の人達もそんなことは信じないし、おセンさんの家の者もそんなことは信じないのだが、年に一度だけこのお燈明を拝みに来る人があって、その時だけはおセンさんも(このお燈明の中には神がいる)と思うのだった。その拝みに来る人のことを「ずっと向うの山の方のひと」と言っていた。おセンさんの母親が生きていた頃も「ずっと向うの山の方のひと」は来て母親とお燈明を拝んでいたことを覚えているし、母親もその人も死んだが、その人の「子孫というひと」が今でも年に一度は拝みに来るのだった。おセンさんが母親から内証で知らされていたことは「ずっと向うの山の方のひと」というのは「炭焼き」だが以前は「海賊だった」そうである。海などは一度も見たこともないという者がいるほど海が遠いこの村に海賊がいるわけもない筈だが、海賊というのは海の泥棒のことばかりではなく「神様の賊」ということだそうである。「海賊」は「怪賊」のことかも知れないが、死んだ母親は、はっきりと「海賊だ」と言っていたのである。その「ずっと向うの山の方のひと」のことは「お弟子」とも言っていた。今でも来るその子孫の人を「お弟子」とおセンさんの家では呼ぶのだった。

おセンさんの父親は大工で、婿入りで来たのだった。出稼《でかせ》ぎに行っている時が多かったが、子供だちは次から次へと生れたのである。父親が婿入りしたときにはおセンさんの母親は村廻りの旅役者の子を妊《はら》んでいたのだった。だから婿が来てから生れたのだが、ほんとうは旅役者の子で、それがおセンさんである。父親は大工だが、人足でも出稼ぎでもなんでもして家にいることは少なかったそうである。たまに大工の父親が帰って来ても「留守のおダンナ」というのが泊りに来るのだそうである。「留守のおダンナ」が帰ったあとで大工の婿さんが、

「おいおい、あんまり嘗《な》めたことをするもんじゃねえぞ、俺の顔をツブす気か」

と、口をとがらせることもあったらしいが、

「バカ、てめえさえ黙っていればいいだア、バカ」

とおセンさんの母親は婿を怒鳴りつけて、それで婿も黙ってしまったそうである。その母親はおセンさんをかしらに9人も子を生んだが「顔つきは誰も婿さんには似ていない」と言われていた。9人の子供は早死にしたのもあって、育ったのは「おセンさん」と「おコトさん」、「おフデさん」と「おとめさん」の4人の姉妹の末に「トーキチロー」という男が1人あって、あわせて5人である。

おセンさんの母親が年をとってから「梅毒《かさ》をかいた」と言われたのは旅役者の性病が移

ったのだそうである。旅役者の種のおセンさんが親の毒を1人で背負って、ほかの妹弟には梅毒は遺伝しなかったらしい。おセンさんの母親は年をとってから太モモに「ハレモノ」が出て、よく縁側に腰かけて、股をひろげて、フットボールのように赤く腫れ上った太モモの内股に刷毛《はけ》でクスリをぬっていたそうである。

母親はその程度だったが、娘のおセンさんの方は年頃になると頭のテッペンにデキモノが出たのだった。ハレて、熟《う》んで、なおったけれどもツムジのまわりが大きい禿になってしまったのだった。姉妹は揃って器量がよく、どの娘も父親がちがうので顔は他人同士のように似ていないが、みんな見惚《みと》れるようないい女だちだった。美人のうえに揃って髪の毛が美しく、輝くように黒い沢山の髪の毛は密度が濃いというのだろう、いつも、お互いにとかしあったりするのだが、束が片手では摑めないほど髪の毛が多いのだった。この姉妹たちが大提燈のお燈明の前でお互いに髪を結い合ったりしているのを遠くの田んぼの向うから眺めると、立ったり坐ったりする娘が5人も6人もいるように見えて「おとーみョーの家には、ずいぶん大勢の娘がいる」と思われたのである。姉妹は4人だが「おとーみョーの家の7美人」とも言ったりする者があるほど美人揃いだった。ただ1人の男の子のトーキチローは小学校が終ると奉公に行って、お燈明の家にはときどきしか帰って来なかった。たまに帰って来ると、

「あれ、おコンコンさんが帰《けえ》って来たよオ」

と姉妹たちにからかわれて他人の様に扱われたのだった。姉妹は揃って美人だが、トーキチローは痩せて、小柄で、小さい顔は青白く、細い眼が吊りあがっている上に耳だけが大きいので狐の様な顔つきだった。だから「おコンコンさん」と姉妹たちは馬鹿にするのだった。トーキチローは、醜男《ぶおとこ》で手くせの悪い父親に、おセンさんの母親が騙されて妊んだ子だった。「働きものだが盗んではウマイモノを食っていた」と言われた父親に似て、よく働くが盗みの仲間と付きあって警察のゴ厄介によくなったが、いつでも罪は軽く、前科は3犯だか5犯だか、半年とか8ヵ月とかの軽い罪ばかりだった。

姉妹たちは揃って美人で髪も美しかったが、おセンさんだけはアタマのテッペンが禿げて、「八ッそ、八年、くずれて九年」と妹たちにからかわれるほど禿ばかりではなく髪の毛もうすくなってしまったのだった。「八ッそ」とは血統の悪い病気のことだが、おセンさんはそんな悪い病気ではなく、父親の旅役者の性病の遺伝だけだった。次に足の「むこうズネ」にハレモノが出て、

「これは梅毒《かさ》だ」

と医者に言われて、片足がちんばになるほど切断されてしまったのである。旅役者の梅毒はそれだけではなく、

「また梅毒《かさ》が吹き出たかい」

と、同じ医者に言われたときは首にデキモノが出たのだった。結局、「首切り疔《ちょう》」と言

われるデキモノで、これも「首を半分ぐれえ切った」と言われるほど手術をして、首すじに大きいキズあとが出来てしまったのだった。

次の娘のおコトさんは「玉をあざむく」と評判になったほどの美人である。羽子板の押し絵から抜け出たような大きい顔で、眉毛が太く長く、黒眼がちの大きい目に鼻すじは高く、口は大きいがキリッと締っていて、娘頃《としごろ》になると金歯を入れてもらったのだが、金歯を入れてくれたのが仲のよくなった電気工夫だった。おセンさんはちんばで禿なので、家にばかりいて外へ出ることを嫌ったが、妹のおコトさんのほうは外へ出歩いてばかりいたのだった。顔がきれいで褒められるから、見せたいのでもあったが遊びまわるのが好きであった。娘だちは小学校を終ると製糸工場へ糸をとりに行くようになった。朝早く出かけて暗くなってから帰って来るのだが、おコトさんは工場を休んでも出歩きたいのだった。仕事は嫌いで遊び歩くことが好きな父親に似たのだそうである。

「ねー、いいジャンけー」

と、おコトさんは朝から姉のおセンさんのそばに詰め寄っていた。

「いやさよー」

と、おセンさんは針仕事をしながら妹と顔を合わせるのがいやなので下をむいて知らん顔をしているのだった。おセンさんは梅毒《かさ》が吹き出た頃から製糸工場をやめて家で針仕事をしているのだった。ちょっと、裁縫屋へ通っただけだが、頼まれる木綿の着物とか簡単なぬい直し物などの針仕事をして、他所《よそ》へ出ないようになったのである。

「ねー、いいジャンけー」

と、おコトさんは同じことばかり言ってそばに詰め寄っているのである。

「いやさよー」

と、下をむいたまま針の手を休めないのは困りきっているのである。

「そんなことを言わなんで、1回でいいから」

と、おコトさんは食い下っていた。

「しつッこいなー、いやだって言えばいやにきまってるさよー」

おセンさんの方は妹の顔を見ればいつも負けてしまうのである。おコトさんの方はこんなときは目を光らせて呼吸もしないような顔つきで姉の顔をにらんでいるのである。

「1回でいいから、ねー」

とおコトさんは責めるような言い方から哀願のようにも変るのである。

「クチュッ」

と、おセンさんは下を向いたまま鼠のような声をだした。じーっと下を向いたまま針の手を休めないが、おセンさんはいつのまにか泣《や》いているのだった。いつも姉妹で喧嘩をすればどちらかが泣いて、それで、お互いに止めてしまうのだった。が、

「ねー、いいジャンけー」

と、おコトさんの責め落し口調はそれでも終らない。

「…………」

おセンさんはもう返事をしなくなった。返事をしないとおコトさんの哀願するような口調は脅迫のようにもなるのだった。

「いいさ、いいさ、頼まんよ、工場を休んで朝ッから、こんねん頼んでるのに」

とおコトさんは怒りだしたようである。

「そんなこたア自分の勝手さよー、自分で勝手に工場を休んだくせに」

と、おセンさんも言い返した。

「へえ頼まんよ」

と、おコトさんは、こんどは悪態に変るのである。

「いいらよ、よく似合うらよ、着て、どこへ行くだか知らんけんど」

と、悪態は笑い声で言うのである。

「…………」

と、おセンさんは黙ってしまった。それでおコトさんの責め落しも失敗に終ったようである。が、

「クチュン」

とおセンさんがまた泣き声をだした。黙り込んでいたが、それではおさまらなかったの

である。

「さあさあ、お持ちなって」

とおセンさんの言葉は丁寧になった。パッと立ち上って、敷いている座ぶとんの下からたたんだ着物をとりだしておコトさんの方へ差しだした。ちんばで、頭のテッペンは禿げているし、首のキズあとは蛇が巻きついているようなおセンさんは、どんなによい柄の着物を着ても似合うはずはないし、また着ても、どこへ行くという機会もないのである。そんなことはおセンさん自身もよく知っているが、今朝から「貸してくれ、1回だけでいいから」と妹が責めているこの着物は、おセンさんが初めて作った、たった1枚しかない着物で、まだ1度も着たことがないのである。作ったけれども着るのが勿体《もったい》ないほど大切にしていたのである。

「さあ、なんぼでも着ておくんなって」

とおセンさんは下をむいたまま針仕事の手を休めなかった。

「…………」

こんどは妹のおコトさんのほうが黙り込んでしまった。貸してくれるというが、こんなふうに丁寧な言い方をされれば申しわけない様な気もするのである。怒っているのは判っているが、

「怒ったのけえ」

と姉の顔を窺った。

「自分《てめえ》の胸に聞いてみろ」

と、おセンさんの丁寧な言葉は荒くなった。つづけて、

「いいか、てめえの着物《きもん》はすぐよごしてしまって、わしがまだ1度も着たこともねえ着物《きもん》を――」

とおセンさんは下を向いているが目を吊り上げて言いだした。

「どうせ、わしには似合わんと言うずら、わしにゃア、着物《きもん》を着る籍はねえと言うずら」

そう言ってまた座ぶとんの上に坐った。針仕事をつづけるらしい。

「そんなこたアねえさ」

と妹は言い返した。

「ああ、どうせ、わしなんか、カラスの籍にでも入れてもらうからいいよ」

とおセンさんは言いながら下を向いて針仕事を始めた。

「そんなこたアねえさ」

と、おコトさんは言いながら姉の着物の方へ手をのばした。おセンさんが針仕事を始めて下をむいていれば、着物をこっちへ引っぱり寄せるのに都合がいいのである。そこにある着物のはじに手をかけて、ちょっと、こっちへ引っぱり寄せた。途端、パッと、物さしが飛んできておコトさんの手を払った。おセンさんは「着ておくんなって」と着物を差し

だしたようだが、やっぱり貸したくはないのである。物さしで妹の手を払ったのだが、そのとき、おコトさんの手は着物を引き寄せていたのだった。

「1回だけだもん」

と妹は申しわけのように言った。

「なんぼでもお着なって」

と、おセンさんは丁寧な言葉になった。おコトさんは、夜になればこの着物を着て、6キロも遠くの村の宵まつりへ出掛けるのだが着て行けばすぐ汚してしまうのである。まだ出かけるでもないが、着物を引っぱりよせると、すぐに着たくなった。立ち上ってパラっと、着物をひろげたときにはもう手を背中に廻して帯をといていた。もう、自分の着物をぬぎはじめているのである。

「クチュン」

とおセンさんが下をむいて泣き声をだした。下をむいているが、ときどき、横目で、自分の着物を睨んでいるのである。鳥の羽根と紅葉の絵柄で、おセンさんが針仕事で稼いで初めて買ったものである。

「そろそろ、出掛けるかなア」

とおコトさんはひとりごとのように言った。夕方から行く筈だったのにもう出掛けるらしい。そこへ、

「ああ、くたびれた」

と言いながら、裏口から妹のおフデさんが飛び込むように帰って来た。

「えらく、早いジャン」

とおコトさんが言った。

「そうさよー、早く帰って来たのジャン、お祭りに行くとって」

とおフデさんは言った。おフデさんも祭りに行くので工場を早退《はやび》きして帰って来たのである。おフデさんも「玉をあざむく」と言われる程の美人である。おコトさんは美人でも顔が大きく色は黒い方だが、おフデさんの方は色白で細長い瓜実顔《うりざねがお》なので品がよいのだった。姉妹で一番おしゃべりなのがこのおフデさんである。

「あれ、そのキモンは」

と、おフデさんは目を見張っておコトさんをみつめた。

「貸してもらったのジャン」

と、おコトさんは見せびらかすように着物の袖を前へ突きだした。

「わしに貸してくれればよかったに」

と言いながらおフデさんはおセンさんの方をむいて、

「この次にゃ、わしにネ」

と言った。そこへ、

「バカー、雨が降って来るぞ」

と言いながら末の妹のおとめさんが帰ってきた。

「あれ、お前《まん》、早いじゃアねえけ？」

とおフデさんが言った。

「早く帰らせて貰ったのオジャン」

と、おとめさんも祭りに行くので工場を早退きして帰ってきたのである。このおとめさんは「姉妹のうちじゃア一番いい器量だ」と言われていて、まん丸い顔に「ホーシの玉」と言われる澄んだ瞳《ひとみ》で、それよりも美しい髪の毛をまん中から2ツに分けて髷《まげ》を結ったところは遊女《おいらん》のように美しいのだった。この髷は、たぶん何かの絵を見て真似たのだろう、勝山髷に似ているが、おとめさんが自分で考えだした結い方なのである。「親が生きていて芸者に売れば左うちわだ」と村の人に言われるが、姉妹のなかでは「一番おとなしい、いいむすめ」だそうである。

「行くのーかい？　雨が降っても」

とおセンさんが悲鳴のような声をはり上げた。雨が降って来るということを聞いたのでさっきから腹の中が煮えかえるようである。（大切な着物を着て雨の中を歩かれては）と、たまりかねて声をはりあげたのだった。

「雨なぞ、降って来ないよ」

とおコトさんは言った。雨はときどきパラパラと音がするぐらいである。

「このくれえの雨じゃ」

とおコトさんは言いなおした。そう言っているうちに雨はパラパラとつづけて降ってきた。トタン屋根にはじける雨の音はとくに大きいが、それがだんだん大きく、はげしくなってきたのだった。

「お祭りは、今夜は、ねえぞ」

とおフデさんが髪を結いながら言った。もう、みんな、腹のなかでは（ダメだ）と思っているのだった。それでもおコトさんは出掛けるつもりらしい。

「すぐ止《や》むら」

と土間に足をおろして腰をかけているのだった。雨はそれから降りつづいたのだが、日暮れて暗くなる頃からおコトさんは傘をさして家の外に出て雨の中を立っていた。

「他人《ひと》のキモンを着て、バチが当って、雨が降って来たのに、あんなところに立ってらア」

とおセンさんは家の中で悪態のように言っていた。雨の中に立っているおコトさんのところへ尋ねて来る人があるのだった。

「あれ、あんなところに、電気会社の人が来ているジャン」

と家の中でおフデさんが言った。おコトさんに金歯を入れてくれた電気工夫が来て2人でお祭りに行く予定だったのだが、雨が降って来たので雨の中で話しているのである。電気工夫は電気に故障があれば直しに来てくれるのである。電気工夫が直しに来ればみんなが見に行くのである。田んぼの中に立っている電信柱の上へ、かけるように登って、曲芸のように電気を直す電気工夫は、姉妹たちには美しいモダンな人だったのである。

雨が降ってお祭りにも行けないので電気工夫はおセンさんだちの家に入って遊んで帰った。のちにその電気工夫も入婿のように入り込んでお燈明の家の人になったが、いつのまにかおコトさんと2人で越してしまったのだった。電気工夫の婿さんが「転勤になったそうだ」とか村の人は言っていたが、どこへ越したか外の姉妹たちも知らないらしい。

（きっと、どこか、町に住んで、こんな田舎には住まないのだろう）

と、遠くの方で村の人たちは噂をしていた。

或る雨の降る晩、その噂のおコトさんがそっと帰って来たのである。不思議なことに土間から畳に腰かけたなり末のおとめさんをそばに呼んで、小声で耳許へささやいているだけである。もっと不思議なことにはほかの娘だちは口を揃えておコトさんに向って悪態を言っているのである。

「バカー、誰がおろすものかなア」

と騒ぐようにおとめさんに教えるのはおフデさんである。

「意地でも産んで見せるぞ」

と、これも騒ぐように言うのは電気工夫に妊まされたおとめさんである。

「そうだ、意地でも産んで見せるぞなア」

とおフデさんがまたおとめさんに教えるように言った。

「バカー、帰《けえ》って来るように言え」

と言うのはおセンさんで、これも怒鳴るように言うのである。おセンさんは電気工夫が出て行ったことを怒っているのである。

「バカバカ」

とおコトさんは言っておとめさんの耳をひっぱり寄せた。

「いいか、ホーズキの根を煎《せん》じて飲めば、坊子《ボコ》は堕《お》ろせるから」

と、小声で言うのだが、

「バカー」

と横でおフデさんは騒いだ。

「帰《けえ》って来るように言え」

と、おセンさんは言うことが同じである。

「バカバカ、帰って来て、てめえだち3人のお旦那になるもんか」

とおコトさんも怒りだした。途端、ヒューッと火箸が飛んでおコトさんの顔をかすめた。

ずっと、向うにいたおセンさんが投げつけたのだ。入婿の電気工夫は姉妹4人と関係を結んでしまったのだった。おとめさんが妊んでしまったのを「堕ろせ」とすすめるおコトさんに、ほかの2人の姉妹がおとめさんの味方になって悪態をつくのは姉妹4人とも未練があるからだろう。妊んだおとめさんの子はどうなったかわからない。おとめさんはそれからすぐ「東京へ嫁に行った」そうである。おコトさんが連れて行ったのだが、おセンさんもおフデさんもあまり気にかけないのではないだろうか。その後おとめさんはずーっと家へは帰って来ないそうである。戦争が始まって、終ったのは10年もかかってからだが、戦争が終ってからおとめさんはお燈明の家の近くの村の氷水《こおり》屋で女中《おばんし》をしていた。もう、60歳近くなってからお燈明の家の近くに帰ってきたのである。陽に焼けて真黒な皺だらけの顔は、昔の、「芸者にすれば左うちわ」だとか言われた色の白い美貌も「ホーシの玉」と言われた澄んだ瞳も、どこを探しても想像することが出来ない黒い皺クチャな婆さんになっていたのである。氷水屋の女中だが、農家の副業の駄菓子屋の女中だから野良仕事も手伝っていたのである。それでも、

「おだんな、夜になったらおいでなって。裏の切り戸の方からはいれやすから」

と、昔の、知り合いの人に逢うと誘ったりしたそうである。泊りに行った者も何人かはいたが、昔、祭りで顔を合わせた若い衆だけはおとめさんの美しい勝山髷の娘姿を覚えていたからだろう。それでも「4人の姉妹では一番運がいいら」と言われたのはこの末娘のおとめさんである。おとめさん自身も「姉妹じゅうじゃア、わしが、いちばん苦労もしな

んで、まア、わしがいちばん、らくをしたほうずら」と言っていた。

おコトさんが電気工夫と一緒になっていたのは「僅かのことでごいした」とおセンさんがよく言っていた。その後、正式に三三九度の祝言を「5回もしたそうでごいす、そのたびに、花嫁さんの恰好をしたそうでごいすよ」と、これもおセンさんが他所の人に聞いたのを数えたのだそうである。戦争が終る頃は闇屋と一緒になって物資をかついで売り歩いたが、手拭を頬かむりにして米や野菜をかついだ姿は「梅川忠兵衛みたいだ」と汽車の中で逢った人がおセンさんに話したそうである。おコトさんは「踊りの師匠というひとのところへ嫁に行って、踊りの師匠になっている」というときもあって、姉妹の中では「一番贅沢をした」と言われていた。だからおコトさんも「4人の姉妹のなかじゃア、わしが一番運がいい」と威張っていた。

おシャベリのおフデさんは日傭《ひやと》い人夫の嫁になったが、

「見所《みど》がねえ男だから離縁してきた」

と言って、女の子を2人連れてお燈明の家へ帰って来てしまったのだった。その頃はおコトさんもおとめさんも家にはいないでおセンさんが1人でいたのである。どうしたことか、おフデさんは女ながら酒が好きになって帰って来たのである。離婚した筈の人夫からは「金をとどける」ことになっていて、その金は「きちんと届けて来る」と言って安心していた。金が届けられるとおフデさんは酒をのむのである。おシャベリで出歩くことが好きだから2人の女の子を置いて2日も3日も帰って来ないことなどもよくあったが、そのあいだおセンさんは厭な顔もしないで2人の女の子の面倒をみているのである。出戻って来て、暢気《のんき》に出歩いていたが、離縁した人夫の届ける金が遅れると、風呂敷に女の子の下着やセーターを包んで、めいめいの子供の背中にしばりつけた。

「さあ、わしの子供《ボコ》じゃアねえから、お父ッちゃんの方へ行っておくンなって」

そう言って人夫の方へ行かせるのだった。人夫の方でも女の子が2人も来ては困るのでそのたびに金を持たせてお燈明の家へ帰したのである。2人の女の子が大きくなる頃はおフデさんは町へ嫁に行っていて、

「2階屋で、広い家だそうでごいすよ」

と、おセンさんは行ったことがないが、女の子が見に行って教えてくれたのだった。2人の女の子も年頃になるとおフデさんが引き取ったので、おセンさんはそれからまた1人暮しになったのである。

その日はお燈明の家に向うの山の方のお弟子が来る日だった。妹たちは嫁に行ってしまったが、おセンさんだけは嫁にも行けないままに年をとってしまい、もう、40歳もすぎていたのだった。「もう、嫁にも行けない」ときめていて、お燈明の家の跡取りのようなかたちであった。毎年1度お弟子が来る時は、おセンさんは死んだ母親がやったとおりにお弟子の相手をしていた。お弟子と言ってもお客様扱いである。今年はお弟子のおかみさん

が来たのだった。お弟子の持って来るものはきまっていて、酒が1升とお土産と言って金を包んで持って来るのである。おセンさんの方ではお弟子に食事を出すことになっていて、これも死んだ母親のしたとおりに、さしみや酢の物を並べて御馳走するのだった。お燈明の中には電燈がついていて、おセンさんとお弟子は長いあいだ拝んでいた。食事もすんで帰るのでお燈明に向って「おいとま乞いの挨拶」で拝んでいる最中に、入口から1人の男が入って来たのだった。土間に入って、黙って畳に腰をかけているのである。おセンさんとお弟子がお燈明の前に並んで這うように頭を下げているので、声をかけるのを待っているらしい。その男は、年はもう50歳ぐらいである。新しい地下足袋をはいているが、破れが目立つ古いカーキ色のズボンに汗で赤く染まったシャツ1枚の姿である。おセンさんの家は百姓家ではないから土間は狭く半畳もないぐらいだが、黙って入り畳に腰をかけて待っていた。這いつくばって床の間の大提燈を拝んでいる2人の女が頭を上げるのを待っているのだが、拝んでいる方はなかなか頭を上げないのだった。その男は脂ぎった赤ら顔だが、大きい身体の大きい顔は隈《くま》どった役者の顔のように、眉毛も目も鼻も、くっきりと彫ったようにととのっていて、役者が舞台に上ったように肩を怒らせ腰をかけて待っているのだった。お燈明を拝んでいるお弟子の方は「おいとま乞い」が終って頭をもち上げた。

「あれ」

と振りむいて、土間に入り込んでいる男を見て驚いた。いつのまに入って来たのか知らないが息もしないように黙っているので驚いたのである。

「あれ」

と、おセンさんも目を見はった。が、おセンさんはべつに驚きもしないのである。片端《かたわ》のように醜女《しこめ》のおセンさんは怖いものなぞないのである。

（なんでごいすか？）

と、腹の中では思っているが声もかけないで男を眺めまわしていた。おセンさんは落ちついているが、お弟子の方は、

「あんたは、何か、用でも」

と声をかけた。

「わしゃ、トーさんから頼まれて」

と男が言った。

「あれ、そうけ」

とおセンさんは気がついた。トーさんというのは弟のトーキチローのことで、今は刑務所へ入っている筈である。そのトーキチローから何か頼まれたことでもあるらしい。「あれ、そうけ」と言って黙ってしまったが、刑務所からの頼みごとなので、ちょっと、いやな気になったのだった。（まあ、上へ、おあがりなって）とも思ったがロクな頼みごとでもないだろうと黙っているのである。男のほうでも黙ったまま腰をかけていて、おセンさ

んの顔を眺めたり下を向いたりしているのだった。

お弟子が帰ってからおセンさんは男に声をかけた。

「知り合いででもごいすけ？　トーキチローとは」

ときいた。

「…………」

男は黙ったままうなずいた。これで、この男は、ただ言付を頼まれただけではなく、トーキチローのことはよく知っているらしいことが判ったのである。ただうなずいただけなのは、あまり話をしたくないからだろうが、これはおセンさんに安心感を与えたのだった。が、ひょっとしたら、この男も刑務所に入ったことがあるのではないかとおセンさんは想像した。

「いっしょに暮してたのでごいすけ？」

と聞いてみた。

「…………」

男は黙ったままうなずいた。これで、この男が、何か悪い事をして刑務所に入ったことは判ったのである。そうして、このヒトもトーキチローと同じように悪いことはしたが、タイしたことをしたのでもないらしいと思えてきた。顔つきもまじめでおとなしそうである。

「いつごろ、いっしょに？」

と聞いてみた。トーキチローと知り合いなら、いつごろ刑務所に入っていたのかと聞いてみたのである。

「…………」

男は黙っていて返事をしないのだった。

「さいきんでごいすか？」

と聞いてみた。

「…………」

男は黙ったままうなずいた。これで、この男は最近まで刑務所に入っていたことは判ったのである。

「何か、頼まれたことでも？」

と聞いてみた。用事を頼まれて来たと言うが、その用事をなかなか話さないのである。用事と言っても言づけ程度のことらしく急ぎの事でもないらしい。

「…………」

男は黙ったままうなずいた。男はおセンさんに聞かれると、その時だけおセンさんの顔を眺めるのだった。眺めるというより目をすえて見つめるのである。

「何の用ずら？」

とおセンさんはひとりごとのように言った。そうすると男は地下足袋をぬぎはじめた。それから、畳に腰をすり寄せるようにしてあぐらをかいたのである。それでも、礼儀正しく坐っているようである。

「なに、べつに」

と男は言って、

「あんたを、貰ってくりょおと」

と男は小さい声でつぶやくように言った。おセンさんは（ハッ）とした。（これは、自分の縁談だ）と胸を突かれたのだった。貰ってくれるなどと言われることは思いもよらないことなのである。途端に、弟のトーキチローの顔が目の前に浮んだ。トーキチローが心配していてくれたのだと気がついたのだった。

（偉いなあ、トーキチローは）

と神様のように思えてきたのだった。ふだん、おコンコンさんなどと馬鹿にしていたことが申しわけないようになってきたし、それどころか今は、弟に手を合わせたいように思えるのだった。この目の前にいる男はトーキチローの知り合いであるということだけで信用していいのである。そうして、この男は自分を嫁に貰いに来たのである。おセンさんは

（このヒトが貰ってくれれば）とすぐにきめたのだった。だが、

（ほい、それ）

と返事をすぐにすることも控えていた。

「それじゃア、あんたが、わしを」

と、下をむいて言ってみた。が、

「…………」

男は何も言わないのだった。おセンさんは心配になって、ひょっと、顔を上げて男を眺めると、男はボーッとしているのである。どこを見るというのでもなく、こっちを眺めてはいるが茫然としているようである。いつまでも黙っているので、

「トーキチローが、何か、言ったのでごいすけ？」

とおセンさんは聞いてみた。

「…………」

男は黙って、おセンさんの顔を眺めてうなずいているのである。これで、おセンさんは安心したのだった。（貰ってくれるらしい）とも思えるのだが、（そう、ほい、それ、）と返事をするのを我慢していた。

「あんたは、トーキチローと一緒に？」

と、またおセンさんは聞いてみた。

「…………」

男は黙っているのである。とにかく、この男も刑務所に入っていたことは判っているの

だが、さっき聞いたよりおセンさんの聞き方は変っているのだった。この男と夫婦になろうときめたのだからもっとくわしく様子を知りたくなったのだった。男は黙っているが、おセンさんは、

「達者でごいすけ、トーキチローは」

と聞いてみた。

「…………」

男は黙っているがうなずいていた。これで、弟は刑務所で無事にすごしていることは判ったのである。

「さいきんのことを、知っていやアすか？」

と聞いてみた。

「…………」

男は黙っているがうなずいた。

「いつごろまで、あんたと一緒に」

と聞いてみた。

「エッヘッヘ」

と男はちょっと笑い声になって、

「なに、きのうまで」

と言うのである。

「あれ」

とおセンさんはまた胸を突かれたようになった。昨日まで刑務所にいて、出て来たらしいが、それでは刑務所から出ると、すぐにここへ来たらしい。

（確かな、信用していいヒトだ、この人は）

と、おセンさんは思った。弟が世話をしてくれて、刑務所を出ると、まっすぐにここへ来てくれたのはいじらしいようにも思えるのである。

「それでは、すぐにここへ」

とおセンさんは言った。刑務所を出て、すぐにここへ来たのでは（腹もへってるかも知れない）と思うのである。これは、トーキチローがいつも言う言葉である。

「あれ、めしどきだったのに、気がつかなんだよう」

そう言っておセンさんはこの男に昼飯を出すことにきめたのである。床の間の大提燈の前で男に食事を出して、それが、おセンさんとこの男の祝言のようでもあった。その日から男はお燈明の家に泊り込んだのである。おセンさんは40歳をすぎてから結婚したのだが、男は婿入りのようなものだった。男はいつも寝ころんでばかりいて、飽きればどこかへ出て行ってしまうのだった。「土木の仕事」で出稼ぎに行けば2タ月でも3カ月でも帰って来ないのだった。また、帰って来ても、無一文で帰って来るので生活費はおセンさんの針仕事でまかなっているのだった。それでもおセンさんはおフデさんのように「稼ぎがねえから見所《みど》がねえ」などとは言わなかった。男というものはそんなふうに遊んでいるものだと思っていた。

弟のトーキチローも刑務所から出ると、まっすぐにおセンさんのところへ帰って来たのだった。以前は刑務所から出て来てもお燈明の家へは寄りつかなかったが、おセンさんの仲人をしたので姉弟の仲が特別に親しくなったからである。おセンさんも刑務所へ手紙など出さなかったが、仲人をしてくれてからはときどき便りを出していたのである。トーキチローが帰ったとき男は出稼ぎに行って留守だったが、

「久《さ》しく帰《けえ》って来ンけんど、そのうちにゃ帰《けえ》って来るら」

とおセンさんは言って、トーキチローはそれから泊り込んでいた。

男が出稼ぎから帰って来てトーキチローと顔を合わせたとき、

「あんたが」

と、トーキチローは納得がいかないらしかった。

「うんうん」

と、男はうなずいたので、

「ああ、あんただったッけ」

と、トーキチローはやっと思いだしたのだった。おセンさんは変に思ったので、

「あんただちは、知り合いじゃアなかったのけ」

と、聞いてみた。

「なに、よく知ってるなア」

と、トーキチローが男の顔を眺めた。

「…………」

男は黙ってうなずいた。

「いっしょに、暮してたじゃ？」

とおセンさんが聞いた。おセンさんはますます変に思ってきたのだった。

「うん、エレベーターの中で顔を合わせて、お前《まん》のことを頼んだのだ」

と、トーキチローが言った。それでおセンさんにはよくわかったのだった。たぶん、刑務所の中にエレベーターがあって、そこで知り合い自分のことを頼んでくれたのだろうと思ったのである。

「あれは、出所する日だったっけ？」

と、男が言った。

「なに、1日まえの日だったなア、〝あした出る〟と言ってたなア」

と、トーキチローが言い直した。

「そうだ、そうだ」

と男は言ってうなずいた。これでおセンさんもだいたい判ったのである。男とトーキチローは刑務所のエレベーターの中で顔を合わせて、

「あしたは出所する」

「そうか、それじゃア俺の姉さんを貰ってくれ」

と、わずかの間に話がきまったのである。あとで2人は顔を合わせたが顔もよく覚えていないのは刑務所にいるときとは服装も違っているからお互いに見違えてしまったということもあるが、もともと、知り合いと言っても、刑務所の中で、ときどき、すれちがって顔を合わせたり、遠くで顔を眺めたりする程度の知り合いだったのである。

トーキチローも出所してからはお燈明の家に泊り込んでいて、その頃から近くの村によく泥棒が流行《はや》るようになったのだからおセンさんも気がついていた筈である。知っていても知らない振りをしているのか、それとも、それを利用して、「稼いでくれるのだ」と稼ぎのあてにしていたのかは判らないが、男とトーキチローが強盗、強姦、殺人で摑まったときは余罪も含めて50件以上の悪事があったけれども、おセンさんには共犯の疑いは全然かかって来なかったのだった。その殺人事件はお燈明の家から4キロばかり離れた村のやはり針仕事をしている後家さんの家に起ったのだった。トーキチローが戸口の外で見張りをして、男が1人で家の中へ入って行ったのである。

「金を貸してもらいたい」

と男はふとんに寝ている後家さんに言った。

「なにを言って来たのでえ、こんな夜なかに、銭なんか有るわけがねえさよぉ」

と後家さんは腹を立てた。「貸してくれ」というのは強盗ではなく相談に来たのだが、夜なかに、顔も知らない男が入ってきて、こんなことを言われれば、言いかたはおとなしくても後家さんのほうでは女1人の世帯なので嚇《おど》されたというより「馬鹿にされた」と怒ってしまったのだった。ふだん、気性が強かったのである。だから、

「カネがなければカラダを貰う」

と、男が言って後家さんを強姦しようとした時、あとで、自供して判ったのだが、男が後家さんの局部に、性器を触れた途端、後家さんが手を延ばして男の睾丸を破裂させてしまうように摑み上げたのだった。睾丸が砕けるような痛さに男は踠《もが》いたが、後家さんは必死に摑んで放さないのは、怒ったばかりではなく「後家さんだから、だらしがねえ」と言われるのがなにより怖ろしかったのである。男は逃げようとしても逃げられないので「夢中で首を締めやした」と白状したそうである。後家さんを殺して、男はそこにあった針仕事の注文品らしい女物の反物を盗んで帰って来たのだが、これは「盗む」というより「持って来た」というほうがぴったりするらしい。男もトーキチローも「盗む」ということは「持って来る」という意味なのである。「盗もう」などと思わないうちに手の方が持って来てしまうのである。そんな風に、「盗む」ということは簡単な、当り前のことのように思

っているのである。後家さんを殺して、2人揃ってお燈明の家へ帰って来たのだった。遠まわりをして殺人現場の反対方向から家へ帰って来たのだが、村の駐在巡査の巡回に出逢ってしまったのだった。

「なーんだ、お前《まん》か」

と、巡査は夜ふけに歩いている2人の前科者に懐中電燈を照らしてそう声をかけた。

「へえ、おダンナ」

と、トーキチローが挨拶をした。巡査は男が持っている荷物にも懐中電燈を照らした。

「なーんだ、いまごろ、どこへ行って来ただア」

と巡査は聞いた。

「へえ、乗物がなくなって、歩いて」

と、トーキチローが言った。どこへ行って来たのか知らないが、

「そうか、そりゃア、疲れつら」

そう言って巡査は別れたが、朝になって殺人事件を知ったのだった。ゆうべ、夜なかに逢った2人が怪しいと思ったのでお燈明の家へ行って、

「ゆうべは、何時頃帰《けえ》って来たかい?」

と、おセンさんに聞いた。家の中にはおセンさんだけしかいないのである。

「2時ごろ帰《けえ》って来やした」

とおセンさんは正直に言った。

「何か、持って来たかい？」

と巡査は聞いた。

「持って来やしたよ、包んだものを」

とおセンさんは知っていることは隠さないで言った。

「どこにあるだい？」

「あそこの、額縁の裏に」

そう言って古ダンスの上に立てかけてあった富士山の絵の額縁のうしろを教えた。

「そうか、ちょっくら、借りて行くからな」

「ええ、良うごいすよ」

「あの2人はどこへ行ったのだい？」

「さあ、どこだか知りやヘン」

「そうか、帰《けえ》ったら、知らせてくりょう」

「ええ、良うごいすよ」

そう言って巡査は帰った。夕方、2人は帰って来て、ゴロッと、2人とも横になった。すぐ眠ってしまったのでおセンさんは駐在所へ知らせに行った。

「それッ」と刑事がドヤドヤと走って来て、

「おいおい、ちょっと、来てくりょう」

と、男もトーキチローも連れて行かれたのだった。持って来た反物が証拠で2人もすぐに白状したのである。強姦については性器が触れただけでも強姦したことになるのである。強盗、強姦、殺人で、

「えらい奴がいたもんだ」

と、村の人達は口を揃えておセンさんに悪態をついたが、おセンさんは（何を、こくだ）と思っていた。刑事さんが来たときに正直に喋ったのは共犯ではない証拠になるのである。ふだんは稼いでもらったが罪は逃れたのである。

「わしがしたことじゃねえし、わしのおダンナだというけんど、うちにゃたまにしか帰《けえ》って来ンヒトだもン」

と、他人のしたことのように言っていた。が、男のぐちもこぼさないで、（わしが、こんな不器量《ブス》のおんなだから）と、腹の中では男や弟に謝っているぐらいだった。よそのひとには、

「わしの、関係《かま》ったことじゃねえもン」

と、無関係のような顔つきをしているが、腹の中ではダンナの悪口を言われることは口惜《くや》しいことだったらしい。男も弟も刑死してから孤独のおセンさんはますます孤独になったのだった。田んぼの中の一軒家も、あちこちに文化住宅などが建って隣近所がすぐ間

近になっても、おセンさんの1人暮しは「無口な、変り者」で、それが世間体を恥じて暮してゆく女の生活方法だったのである。男との仲で何回か身籠ったが、流産したり、また、生れた子もすぐ死んでしまったのは性病の遺伝の影響かもしれない。無口の変り者だがおセンさんの針仕事の注文は絶えなかった。古い着物から古ぶとんまで、洗い張りや縫い直しまで、どんなボロでもツギをあてたり、汚れたものでもいやな顔もしないから重宝がられたのだった。縫い賃も安かったが1人だけのつつましい暮しだからそれで楽に暮すことが出来たのである。「手に職があるから」とおセンさんは外の姉妹にくらべれば自信があったのである。「きょうだいのなかじゃら、わしが、いちばん、安気《あんき》でごいすよ」と言っていたのは負け惜しみで言っているのでなく、そう思い込んでいたのである。だが、ほかの姉妹はおセンさんが一番不幸だと思っているのだった。おセンさんは年をとってもよく身体はうごいたが、そのわりに目が悪くなった。これも性病の影響らしい。針に糸をとおすのに時間がかかるようになってから仕事ものろくなった。

「ダメさよー、おとーみょーへなン誂《あつら》えても、手間がかかって、ヘタで、針に糸をとおすのに半日もかかるちゅうから」

と言われるようになってから間もなく死んだ。3人の妹たちが集まって葬式をしたが、

「それでもまあ、生きているうちは苦労したけんど、死んだら楽になッつら、おダンナは地獄へ行ったけんど、ねえさんは極楽へ行ッつら」

とおとめさんが言った。

「地獄へ行ったさよオ、極楽へなんか行かんさよオ」

とおフデさんは言った。

「そうずらか」

と、おとめさんが首をかしげた。

「そうさよオ、穴を掘ったら水があんねに湧いて来たジャンけ、泥水《どぶ》の中へ棺桶《かんおけ》を埋《い》けたぐれえだったのを知らなんだのけえ？」

とおフデさんが言った。生きているうちに不幸だったおセンさんは、死んでも不幸だと思われなければならないのである。不幸が当り前の一生だった。

葬式がすんだあと、おとめさんのいないときを見計らって、おコトさんとおフデさんの2人だけでおセンさんの衣類の形見わけをしてしまったのである。

「わしの知らんまに、わしに何ンにもくれなんだ」

と、おとめさんはあとで知って怒った。その頃、おとめさんは近くの村の氷水屋の女中をしていたのである。おセンさんが死んでお燈明の家は、

「わしに権利がある」

と言っておコトさんが越して来たのである。それから、2、3年たっておとめさんは死んだ。おとめさんには息子が1人あって、「東京で成功している」と、よく自慢していた

ものである。

「そんねン息子が成功しているなら、少しはゼニでも送って貰えば」

と、みんなに言われるが、

「そんなこたア出来んさよオ、もしもの時に、めんどう見て貰わなきゃならんから」

そう言って、息子には無心をしなかった。おとめさんが病みついて、「むずかしいぞ」

と医者が言ったので、氷水屋の主人が息子に知らせたのだった。

「すぐに息子は来やしたよ」

と、そこの主人は言うが、

「来ることは来やしたが」

と必ず、そう言い直すのである。

「それじゃア、うんとゼニを持って来つら」

と誰でも思ったが、

「それが、とても、とても、産《も》っただけで、親とは思っていない」

と息子は1度、見舞に来たが、そう言っただけで葬式にも来ないのである。

「おとめさん、息子は帰《けえ》ってしまいやしたよ」

と寝床のおとめさんに知らせると、

「いくら、おいていきやした」

と、おとめさんは天井を見ながら聞いた。

「お菓子を持って来ただけだよ、ゼニなん置いてゆかなんだよ」

と言われて、おとめさんは、

「そりア、困ったことだなア」

と息子の帰った方に首を持ち上げたが、すぐ顔を伏せてしまった。ふだん自慢していた息子が頼みにならなかったので、「まわりの人達に合わせる顔がねえずら」と、みんながおとめさんの枕許で話すのを臨終のおとめさんは顔を伏せて聞いていた。息子はおとめさんに「よく似ていたから、本当《ふんと》の息子ずら」と言ったり、「成功していると言っても、あの服装《なり》じゃアタイしたこともねえら」とまわりの人達が話している様子では、息子の洋服や靴は粗末なものだったらしい。

息子が帰ってからおとめさんはすぐ死んだ。不思議なことに「死んだ」と聞いて墓の穴掘り人たちは勇み肌でやって来たのである。葬式があると村の人達は順に穴掘りの当番が廻って来るのである。おとめさんのときは2軒で1組の当番が5軒も6軒も来たのである。「わしが死んだら、あそこへ埋《い》けてくりょオ」とおとめさんが主人に頼んでおいた場所である。おとめさんの埋けるところは、すぐ横に古い墓があって、その墓は30年も前に死んだ酒の好きな人の墓で、死んだ時、死骸の枕許に酒のビン詰めを埋けておいたそうである。その酒は長い間、地中で醱酵《はっこう》していて「美味い酒」になっている筈である。墓だから掘り返して取り出すことは出来ないが、おとめさんの穴を掘り下げて、そこから横穴を掘れば酒ビンのある死骸の枕許へ掘って行くことも出来るのである。「どんねン、美味い酒だってかなわん」という墓場の酒の場所をおとめさんはふだんから聞いていたのだろう。

「のんでおくンなって、うんとうまい酒を」

と言ってるようなおとめさんの注文した墓場だったのである。

おコトさん、おフデさんも死んだが、誰の噂も聞いてないのは、もう、お燈明の家もつぶされてしまったからだろう。その跡の6坪の敷地は、まわりに家が建って、いまは、隣がガソリンスタンドになって、そこのドラム缶の置場になっているそうである。

安芸《あき》のやぐも唄（『庶民烈伝』その三）

今日はこの夏でいちばん暑い日になるだろうとおタミの盲目の眼は家のそとの方を向いていた。さっきまで通勤のバスが劇しく通っていた朝からおタミの背中や額はふいても、ふいても汗がにじむのである。

「あんまさんも、行くかのう」

と、外を通りながら言う声をおタミは聞いたが、それは自分に声をかけられたのでもないし、冗談を言っているのでもないし、勿論《もちろん》、行く筈もないのだが、そう言ってくれる声はおタミを慰めるように言っているのである。今日は、みんな、そこへ行って、大勢で揃って街を歩いて、あの日の出来事を騒ぐ日なのである。2畳しかない畳と、3尺の土間で、まわりは板で囲ってあるバラックのおタミの小屋だが、すぐそこの大通りは高いビルも建っているし電車もバスも通っている街の中心地だった。まいとし、暑い夏になってあの日が近づくとあの行進の騒ぎが通るのである。その日が近づくのをおタミがいやがったのは、その騒ぎがうるさいのではなく、あの日の出来事を思いだすのが怖ろしいからだった。歌の行進が家のそばを通るのがいやなのだが街の中心地なので騒ぐ声もいちばん劇《はげ》しいのである。あの騒ぎは、唄を歌って行進して、一せいに声を揃えて叫ぶのだった。その叫び声が聞えるとあの日の出来事と同じ騒ぎのように思ってしまうのである。

あの日、おタミの両眼は、空に、突然現われた大きい入道雲を見た瞬間、まっくらになってしまったのだった。どかん、と、何かがおタミの顔の横に当ったと思ったとき、ちらっと、街の方に眼をやった。パッと、空に白い雲を見ただけだった。おタミは街の息子の家からは離れて住んでいたが、街の息子も、娘だちも、孫だちも死んだ。街の人達もみんな死んだのだった。

あの日から10年たった、15年もたった、あの白い入道雲が現われて、街もなくなったし草も木も生えないと言われていたが、街は盛り場になって夜は昼のように明るくネオンサインもついているそうである。盛り場の横の地蔵さんの楠《くす》の木もいちじは枯れたがまた芽をふいたそうである。おタミも「めくら」から「あんま」に変った。息子も、娘も孫も死んだが65歳のあんまのおタミはまだ稼げば稼げるのである。

「手続きをすリャ、生活扶助が貰えるんジャがのう」

と街の人は言ってくれたがおタミは断わった。足は動かないが、

「手がうごくあいだは」

と、家へ来る客の肩や足を2畳間でもんだ。

昼近く、遠くで大勢の揃って歌う声をおタミは聞いた。歌の行進が来るらしい。あの日の、あの時が近づいてくるのである。

戦争が長くつづいて敵の飛行機が空を飛ぶのが劇しくなった頃、おタミは末息子の茂雄と孫のキヨ子と3人で街から離れて遠縁の農家の物置小屋に住んでいた。娘が嫁に行ったさきの孫のキヨ子を預かったのだった。そこへまた、長男の子供の正雄も預かって4人で暮していた。暑い夏の朝早く、街から長男が来て2人の孫を連れて行ったのである。

「ひるすぎリャ、また、帰って来るケンのう」

と街へ行ったのだった。街まで、着いたか着かないかと思うまに、あの白い雲が天に現われたのだった。2人の孫も帰って来ないがおタミの両眼もめくらになった。長男の家じゅうも、息子だちも、嫁いだ娘の一家もどうなったのか判らなく、もう、おタミのそばへは来ないのである。

茂雄もあの日から帰らなくなった。工場へ行っていて、あの白い雲が現われたのである。茂雄は男だが女のような性質だった。やくざの仲間に入っていて、少しのことでつむじをまげたり、口惜《くや》しがるたちだった。あの日も、

「工場に行くのがいやだ」

と言って、ぐずぐずしていた。

「いやでも休むわけにはいかんのう、戦争じゃケン」

とおタミは言って工場を休ませないようにしていた。いままでは、わがままを言って勤め先をよく変えたが、戦争で、軍需工場へ行っているのだから勝手なことが出来ないのは本人の茂雄も承知しているのである。が、あの日は工場を休んでどこかへ行くつもりだったらしい。

「休むわけにはいかんのう」

とおタミがすすめて出かけさせて行ったのである。天に白い雲が現われたあの朝、茂雄は出ていったのだった。

おタミの両方の耳は遠くから聞える行進の歌と足音を聞いていた。盲目の2ツの眼にはあの日の光景が浮んでいた。ピカッと、光ってなにげなく空を見たおタミの眼は白い雲を見ただけだった。途端におタミの眼はまっ暗になってしまったが、あの雲はどういう雲だろう、あとでは紫の雲だと言う者もいるし、赤い雲だったという者もいるし、ダイダイ色だと言う者もあるのである。そうしてあの雲は街を焼いて、人を殺した地獄の雲だったのである。おタミのめくらの眼はあの雲の色を鮮やかに思い浮べているうちに、ずっと、遠い日、島からこの土地へ嫁に来た頃、街の角でアメ屋が歌っていた唄を思いだした。

やぐも立つ、いずもやえがき妻ごみに
　やえがき作るそのやえがきを

なんの唄だかしらない。意味もよく判らないがアメ屋が歌ったあの唄は、出雲の国にも、昔、きっと、あんな雲が現われたのだろうとおタミには思えるのである。あの日に現われたあの雲も、きっと、七色も八色もの色とりどりに現われたのだろう。見えないおタミの眼に浮ぶ七色の雲は孫を取りに来たのである。おタミの眼には「いずもやえがき妻ごみに」の雲ではなかった。

やぐもたつ、あきのやえぐも孫とりに
　やえぐも作るそのやえぐもを

と、アメ屋が歌ったいろとりどりの雲が映っていた。

（あの雲は、誰が作ったンじゃろう？）

とおタミは思った。誰が作ったのか知らないが、あの雲が現われたときからおタミは自分の姿が変っているのを知っているのだった。めくらになったばかりではなく、自分が変ってしまったのである。あの雲が孫を取りに現われた朝、おタミは2人の孫に「みようどうさま」の守り札を持たせたのである。その守り札も役に立たなかったことを知っておタミは守り札も、「みようどうさま」も信じなくなったのだった。そればかりではなく、あの雲に取られた息子の茂雄も別な姿に思えているのである。あの朝、茂雄が工場を休もうとしたのは、どこか、他のところへ行くつもりだったらしい。やくざの仲間の交際《つきあい》で、「どうしても、あの人には世話になったケン」

と、工場を休んでその人のところへ行くことになったらしい。

「その、世話になったいうヒトは？」

とおタミが聞いた。

「言うても、わかりゃせん」

と茂雄は言うがおタミには判っていた。その、恩があるという人に頼まれて買出しに行くつもりだったらしい。やくざ仲間の茂雄の相手もやっぱり義理だとか、恩だとかと言っているのである。その茂雄もあの雲が現われたときから帰って来ないのである。

歌の行進は近づいてきた。あの七色の雲を呪って騒いでいるのである。もう、2度とあの雲が現われないように騒いでいるのである。

おタミの両方の耳はその騒ぎを聞いていた。が、めくらの両眼にはあの七色の雲の光景が映っていた。

ギーっと、板戸が開いて、

「近所で、3百円ずつ出すことになったケン」

と、隣の米屋の主人の声である。昨日、むこう前のクリーニング屋のおかみさんが自動車に轢《ひ》かれて死んだ香奠《こうでん》を集めに来たのだ。

「わしは」

とおタミは言って香奠を出さないことにきめた。すぐむこう前の葬式だが、近所だということだけで、ほかに何の関係もないのだから香奠などを出さなくてもいいと思えるのである。

「わしは」

と、またおタミは言った。死んだ息子の茂雄のように義理も、恩も考えるのがいやだったのである。義理だとか、交際《つきあい》だとかと、思うだけでも茂雄を思い出すのである。

ぎーっと、板戸が開いた。

「やって、くれるかね？」

という声はアンマをたのみに来た客の声である。

「ええよ」

とおタミは言った。客はきょう葬式のあるクリーニング屋の隠居である。

おタミは2畳間で客の肩をもみはじめた。街の大通りは歌の行進で騒いでいた。おタミの耳は騒ぎの行進の足音を聞いていた。手は客の肩をもんでいた。おタミのめくらの眼はあの七色の雲の光景を思い浮べていた。その雲の中に孫や茂雄の顔も思い浮んでくるのである。

「ひょっと」

おタミは自分の姿に気がついた。義理だとか、恩だとかと言っていた息子の茂雄とは全然、違っている自分に気がついたのである。息子も娘だちもいなくなったし、孫だちもいないが、ただ1ッ、おタミはかたく抱いているものがあったのである。あの七色の雲が現われたときから、ただ1人で生きていくことしかないのである。死んでいくことも怖れないが、1人だけで生きていくことも怖れない。なにも怖れない自分のちからをかたく抱いているのである。

「あの雲は」

とおタミのめくらの眼はあのとき天に現われた七色の雲を思い浮べた。1人だけでなにも怖れなく生きていくのを知ったのはあの雲の現われたときからである。

「あの雲ン中には」

とおタミのめくらの眼には赤い、黄色い、青い、紫の巨大な虹の入道雲が映っていた。

(あの雲ン中には神様《カミサン》が)

とおタミは思った。手は客の肩をもんでいた。耳は街の行進の騒ぎを聞いていた。瞼《まぶた》には巨大な七色の雲が映っていた。雲の中には1人で生きることを教えてくれた不動明王のような神が住んでいるのだと気がついた。

ぎーっと、板戸が開いて、

「買ってくれませんか、針を」

と、針を売りつけに来たのはあの七色の雲の被害の救済事業の資金集めだと言って歩く人である。

「…………」

おタミは黙っていた。

「守り札もあるんじゃがのう」

と、言うのはあの雲を除ける守り札のことらしい。

「シーッ」

とおタミの口からツバが飛んだ。

サロメの十字架（『庶民烈伝』その四）

色のさめたグリーンのボックス・シートがテーブルを挟んで2組、ボックスは2人掛けだから客の席は8人分だが、今日からはカウンターの奥にピンクの新しいボックスが1組ふえたので、席は12人掛けられるようになった。客は1人来ただけでもホステスたちが腰掛けるから、4人用のテーブルはふさがって、ホステスは客と同じ役目をするのである。ボックスが塞《ふさ》がればそれが店の収入《あがり》になるのである。2ツのテーブルは1番、2番と呼ばれている。6時から開店だが、ホステス達が出揃うのは7時すぎになってしまう。もう6時はすぎているが、まだ誰も来ていないので蛍光燈が1ツついているだけである。

パッと、壁のまわりに並んでいる行燈《あんどん》型の装飾燈がついた。着物姿のサクラ子がお店に来て入口のスイッチをつけたのである。お店の中は、しーんとしているが、カウンターの中で白いものがうごいた。

「善さん？」

とサクラ子は声をかけた。バーテンの善さんはもう来ていたのだった。バタンと入口のドアを蹴とばしてユーコが入って来た。

「ねえ、誰か来なかった？」

ユーコは新しいピンクのボックスに腰かけて向うをむいたままでバーテンに声をかけた。

「ううーん、ぜんぜん」

善さんは懈《だる》そうな声である。

「ママさんがね、今日、サラのコが来ることになってるから、来たらトレーニングに行くようにって言ってたわよ、さっきまで、わたし、ママさんの部屋にいたのよ」

サラのコは新しいホステスのことだから、ホステスが1人ふえたらしい。サクラ子がテーブルの上を拭いている。彼女はこの店へ来てまだ10日ぐらいしかたたないので、いつも早番でお店の掃除をすることになっている。入口からチイ子とマリーが入ってきた。2人は2番のボックスに腰をかけて何がおかしいのか、

「アハハハ」

と笑いあっている。

「やーに嬉しそうじゃない」

サクラ子が言った。

「いま乗ってきたクルマの運ちゃんがチイ子に熱をあげちゃったんだヨ」

マリーが笑いながら言うと、

「そうなんだよ、今夜来るよ」

とチイ子は顔の化粧をはじめている。ホステスの中には化粧をして出掛けてくる者もあったり、お店へ来てから丁寧に厚化粧に直す者もあるのだ。

「儲かりだナ、商売熱心じゃねえかよ」

とバーテンの善さんが言っている。入口からホステスがまた1人入ってきた。黙って入ってきて1番のボックスに腰をかけた。2番のボックスにいるマリーが隣のボックスに流し眼をしながら、

「なんだい、アレは？」

と小さい声で聞いた。

「なんだか知らねえよ、うちを間違えて入って来たんじゃないかい」

チイ子は大きい声で荒い言いかたである。

「アハハハ」

と2人は笑いあっている。

その声がカウンターの奥のピンクのボックスに腰をかけているユーコにも聞えた。

「ああ、こんど来るっていうヒトかもしれないよ」

ユーコもピンクのボックスで化粧をしながらそう言って、大きい声で、

「こんど来るってコだよ」

そう言うとチイ子が大きい声で、

「コというガラじゃないよ、バアさんだよ」

そう言って2人は大声で笑っている。となりのボックスでバアさんと言って笑っているが、その新しいホステスは気にもかけないらしい。首をかしげているが薄笑いをしているような顔付きである。

また、ユーコが、

「アノネ、あんた今夜からこのお店に来ることになってるんでしョ、ママさんがねえ、トレーニングに行くように言ってたわよ」

そう教えているが、新しいホステスはユーコの方にはふりむきもしないで黙ってボックスに腰をかけている。入口から中年の紳士が入ってきた。客が来たのである。

「あらー」

とマリーとチイ子がはしゃぐように言って立ち上った。客はチイ子の腰をかけていた2番のボックスに腰をおろして、

「さっき来たけどお店が明いていなかったんだぞ」

そう言うと、マリーが客のそばへ寄って、

「いま来たばかりよ、ごめんなさい。早く来てくれるヒトをワタシは好きなんだから」

言いながら客の手を握っている。チイ子がマリーの手を払いのけて、

「そうよ、ワタシも早く来てくれるヒトが好きなんだからね」

そう言いながら客にぴったりと身体をよせて、客の腿《もも》を手で押えつけた。カウンターのうしろからユーコが来て2番の向う側のボックスに腰をおろした。マリーも客のそばに寄りそって腰をかけている。マリーの手も客の右足の腿を押えつけている。2人がけのボックスには3人が腰をかけている。入口からホステスのレイ子が出勤してきた。

「あら、いらっしゃい」

と客の肩を叩きながら通りぬけて、カウンターのうしろのピンクのボックスで化粧をはじめた。入口からホステスのサヨコも出勤してきた。

「あら、いらっしゃい」

そう言って、サヨコはユーコに並んで腰をかけたが、すぐ立ち上ってカウンターの善さんからおしぼりを渡されて客のところへ持ってきた。

「ここは、こんど、日曜は休むんだって？」

と客はおしぼりで顔をふきながら言った。

「そうよ」

「そうよ」

とマリーとチイ子が言った。

「日曜はお店をお休みにしてゴルフに行くのよ」

サヨコは向う側のボックスに腰をおろしてそう言った。ピンクのボックスで、

「この頃はね、日曜はね、旦那さまは家庭サービスでしョ、だから日曜はひまなのよ」

とレイ子がこっちへ言っている。チイ子が客の耳に口づけをするように近づけて、小さい声で、

「ゴルフをやらないとね、お客さまの話相手が出来ないでしョ、それにね、ゴルフ場へ行けば顔なじみのお客さまも出来るでしョ」

そう言うと、サヨコが向う側で、

「チイ子はうまいんだから、ゴルフをやりに行ってると、社長さんのお嬢さんというふれ込みよ、ウフ……」

そう客に教えて笑っている。

「あら、ワタシお嬢さまよ、そうなんだからいいじゃないの」

とチイ子はちょっと真面目な顔つきになって言っている。

「あら、顔が赤くなってる」

とマリーが笑っている。

「赤くなんかならないでしョ、どこが赤くなってる?」

とチイ子は言いながら客の頬を指で押している。

「日曜はそんなに暇かい？」

と客が言った。

「そうよ、ふだんの日より暇なのよ」

ユーコはそう言いながら1番のボックスに腰をかけている新しいホステスに気がついた。さっきからむこうを向いていて、黙って坐っているだけである。ユーコがマリーに、

「あれ、トレーニングに行くように言いなさいよ」

そう言うが、マリーは、

「行くでしょ、そのうち、ボーッとしてるんだから」

と言うだけである。

「トレーニング、知らないんじゃない、あいつ」

とチイ子がユーコに言っている。サクラ子が綺麗に厚化粧をして客の横に立った。

「あたしも腰かけさせてよ」

とボックスを眺めまわしている。ボックスに坐れば彼女もサービス料でかせげるのである。

「サクラ子」

とユーコはとがめる口調で、

「一緒に行っておいで、あいつにトレーニングを教えてやりなよ」

と言った。トレーニングとはそこの路地の入口で大通りの客を誘って来るのだが、新しく入ってきたホステスは自分の客がないからそうしなければ指名料もサービス料もかせげないのだった。しかしこの新しいホステスはトレーニングに行けと言われても黙ったままうごかない。入口のドアに客が現われた。黒めがねをかけている、これも中年の紳士である。そのうしろから青年がついている。客は2人づれである。

「あら、いらっしゃい、とーさん」

とマリーがふりむいて立ち上った。中年の客の首にしがみつくようにして1番のボックスに腰をかけた。

「あら、お坊っちゃんもいっしょ？」

そう言ってサクラ子が青年をひっぱりよせるように向う側のボックスへつれて行った。新しいホステスは自分のボックスに腰かけた青年に、にっこりと笑い顔をむけながら立ち上って、カウンターのほうへまわった。そこに電話があるのをもう知っていて、彼女はダイヤルを廻している。先方が出たらしい。

「ああ専務さんいる？」

と彼女はぶっきらぼうな言いかたである。

「ワタシよ、ワタシと言えばいいの」

これも愛嬌のない言いかたである。少したって先方の専務さんが出たらしい。彼女は急に愛嬌のいい口ぶりに変った。

「あら、こないだどうしたの、こんどお店が変ったのよ」

相手の方で何か言っているようである。

「来ればすぐわかるわよ、大通りの銀行があるでしょう、そこのさきの路地をまがればすぐわかるわよ、〝つながり横町〟って聞けばすぐわかるから、そこの5軒目の〝人力車〟っていうバーよ」

横で善さんが、

「ここはバーじゃねえんだ、これでもアルサロだぜ」

とぶつぶつ言っている。それが聞えたらしい。電話口で彼女は、

「バーじゃないんだって、アルサロだってさ、ウッフッフ、チッポケなバーよ」

と新入りのホステスはまだバーだと言っている。

「とにかく、来てね、すぐね」

そう言って彼女は受話器をおろした。また、ダイヤルを廻している。

「モシモシ、キザキ木工ですか、社長さんいますか？」

彼女は相手の出るのを待っている。チイ子もマリーもこの電話をきいていて、ぼーっとしている。新入りのホステスがさっきは専務さんを呼び出しているし、こんどは社長さんを呼び出しているので、すっかり圧倒されてしまったようである。電話口では、

「あら社長さん、礼子よ、あなたの言うとおりお店を変えたわよ、前のお店の大通りの反対側よ、銀行の次の角の路地の〝つながり横町〟って言えばすぐわかるわよ、5軒目の〝人力車〟っていうチッポケなバーよ、アルサロだって言うけど、前にいたミツマタバーよりチッポケなお店よ、そう、うん、早く来てね、こんどのお店じゃアケミって言ってるからね、ここのお店にもレイ子ってのがいるのよ、それでね、クロネコにいたときのアケミと言ってるからね、そう、またアケミにもどっちゃったのよ、うん、そう、そう、早くきてね」

電話が終ってアケミというこの新しいホステスは2番のボックスの客の横に立っている。首をかしげて黙って立っているだけである。電話の様子ではなじみの客の専務と社長が来るらしい。マリーもチイ子も、アケミというこの新入りのホステスは自分達よりよい客種を持っているらしいし、よく見れば着物なども黒っぽい地味だが品物は上等らしいのを着ていると思った。年は30歳をすぎているようだが、気のせいか凄い美人に見えてきた。1番のボックスでも、サクラ子がさっきの電話の様子を聞いていてこれも圧倒されていた。圧倒されてしまったというより恐れ入ってしまったのだった。さっきまで、トレーニングに行って客を引っぱって来なくては、名前で来てくれる客などないズブの素人だと思い込んでいたが、これはいい客種を持っている凄い腕のホステスなのである。

「おかけなさいよ」

とサクラ子はアケミに愛想よく言った。

「あら、いらっしゃい」

アケミはサクラ子に並んでボックスに腰かけて、とぼけたような言いかたで黒眼鏡の客に挨拶した。アケミは愛嬌など少しもなく黒眼鏡の顔をじーっと見つめている。その眼は大胆な眼つきのようでもあるが、なんとなく見つめているだけである。隣にいるサクラ子は客のほうを眺めたりアケミの顔を眺めていた。サクラ子はいつも小さい花模様の着物を着ているが、この新しいホステスの着ている品物は凄く高い品物のようである。ここのホステス達はみんな着物姿だが、この新しいホステスは誰よりも上物を着ているようである。さっき来たばかりの女だが、サクラ子には姉さんのような貫禄に見えてきた。こういう姉さんのような人についていれば自分にもよい客がついてくるような気がしてくるのだった。前の黒眼鏡の中年男はよくここへ来る客だが、連れの青年ははじめてだった。話の様子では学生らしい。2番のボックスではマリーが相手で客はビールをのんでいる。チイ子は客の肩に抱きつくように寄りついて、

「ウイスキーのませて、アタシ、ビールじゃダメなの、洋酒じゃなければ」

と言っている。1番のボックスの黒眼鏡の客と連れの学生はまだちょっとビールをのんだだけだが、学生は生きかえったような顔つきになって喋りだした。

「先輩はまったくいい先輩だなア、酒をのみたくなればボクはいつでも先輩に呑ませても

らってるんだ、ボクは学生だろ、金はねえんだよ、いつでも」

そう言って学生は眼鏡の紳士のほうをむいて、

「ねえ、先輩ってものはいいものですねえ」

そう言って黒眼鏡の紳士の手を握った。2番のボックスではチイ子がウイスキーをちょっとなめただけで客に、

「ねえ、こっちをのんで、ビールじゃつまんないから、アタシ、酔いたいのよ、ねえ、アタシ、相手が酔わなきゃあダメなのよ、ねえ」

チイ子は客に抱きついているが客の腿を押えつけている。その手は少しずつ客の股のほうにうごいている。その客のとなりにマリーがいたのだが、いつのまにかユーコといれ代っていて、ユーコも客の腿を押えつけている。1番のボックスで学生が、

「ねえ、先輩、ケチケチしないでのませてくれるんだからボクは感謝しているよ、感謝じゃないんだ、感激しているんだ」

と先輩に言っている。

「それはそうだヨ、ボクだって学生のとき、先輩の家へ行ったら呑ませてくれたんだ、忘れないなア、30年も前だよ、学生だろ、九州から出て来たばかりだろう、タバコものめなかったんだ、タバコなどのんだら下宿代が払えないだろう、まして酒など呑めるものですか、先輩のうちへ行ったらなア、呑ませてくれたんだよ、ボクは今でも忘れないよ」

黒眼鏡の紳士も喋りだした。紳士もアルコールが効いてきたらしい。

「先輩」

と学生が何か言おうとすると、ボックスのうしろからマリーが出て来た。マリーが学生の腕をとって、

「なにさ、昔のことなんかどうだっていいじゃないの、こっちへ、私といっしょ、こちらへ来なさい」

そう言って学生をひきよせた。テーブルの向う側で、

「そうそう、こっちへ来なさいよ」

とサクラ子が立ち上って、マリーと2人で自分たちのあいだに学生を坐らせた。学生のあとに新入りのアケミが腰をおろした。アケミは退屈そうに首をかしげて何も言わない。黒眼鏡の客の横に腰をおろして、黙ったままビールを客につごうとしている。

「のんで」

アケミは笑顔で客の顔を眺めている。そのテーブルの前で学生が、

「先輩はケチケチしないでのませてくれるんだから」

と言って、

「有難うございます」

と体操のような身振りでお辞儀をした。またしつこく、

いですからねえ、ボクはまだ童貞ですからね」

と言っている。入口のドアのところに誰か立っている。

「いらっしゃい」

とカウンターの中で、善さんが言っている。サヨコが入口へ行ってドアを明けると、

「あら、きたわよ」

とマリーが言っている。チイ子がボックスから顔を出して、

「あら、いらっしゃい」

と大声を出した。入口の客はドアからこっちへ入って来ない。

「ちょっと、そこを通ったから寄ったんだよ。朝までダメなんだよ。営業中だから呑めないんだ。酔っぱらい運転になるからよ。あした休みだから、あした来るよ」

チイ子とマリーがここへ来るときの運転手が来たのだ。チイ子は入口へ行って、

「そんなら、あしたの晩きっと来るのよ、今夜は帰してあげるからね」

そう言ってるが、チイ子は運転手の手を握って離さない。

「うん、うん、きっと来るよ」

「先輩、のませてくれて有難う」

学生はテーブルの上に顔をつきだして、

「先輩、今夜、お願いがあるんですけど、ボクはまだ童貞ですよ。1回もやったことがな

運転手はそう言って帰ろうとするが、チイ子は腕を摑んで離さない。

「いいじゃない、ちょっとね、今日は無事に帰してあげるから」

帰すと言っているが、チイ子は腕を摑んで引きずり込もうとしている。

「帰してあげると言ってるじゃないの、マリー、おいで」

とチイ子はマリーを呼んで運転手を引き入れようとしている。マリーも来て運転手の片方の腕をつかまえた。チイ子とマリーは入口から引き入れようとしているが、

「駄目なんだ、営業中だからよ」

そう言ってドアの外へ出てしまった。ドアがしまったので、

「じゃあね、きっと来るのよ、嘘言っちゃいやよ」

とチイ子がドアのほうへ言いながら、2番のボックスに戻ってきた。

「だめだったわね」

とピンクのボックスでユーコがこっちへ言っている。いつのまにかピンクのボックスにも客が来ていた。客は2人づれのサラリーマンのようである。ユーコとレイ子がそこへ腰かけているが、客とは話をしていない。カウンターのうしろだから、客もユーコたちもいるのか、いないのか、わからないようである。

「いやに、しんみりしてるわねえ」

チイ子はピンクのボックスのほうに行った。

「ここ、いいよ、はなれているからしんみり出来るよ」

とユーコが言っている。レイ子が、

「あの調子じゃ、あの運ちゃん、あしたの晩もダメだよ」

と言っている。チイ子も、

「来やアしないよ、あのバカ運転手」

と言っている。

「ふられたわネ」

とユーコがチイ子をからかっている。

「しみったれだよ、あの運ちゃん」

とチイ子は負け惜しみを言いながら、

「あら、いらっしゃい、アタシも腰かけさせて」

と片方の客にしがみつくように腰をかけた。腰をかけた途端、レイ子が、

「ママさんはどうしたんだろ？」

とチイ子に聞いた。

「まだ来ないわネ、どうしたんだろ？」

チイ子はなにげなく言ったが、お店があいて、かなりたっているのに、ママさんが来ないのはどうしたんだろうと思った。

「純子も来てないのか」とお客の1人が言った。客の顔をよく見ればママさんのなじみの客である。もう1人の連れの客もママさんの客である。ママさんが来ないのは変だが、純子が来ないのは気にすることでもない筈である。純子も来ないと言って、ママさんの来ないのと関係があるというような客の口ぶりであるが、純子は気儘《きまま》な勤めかたで全然顔を見せない夜もあるのだった。

「なんでもない、なんでもない」

と急に客は打ち消すように言った。だが、レイ子は眼をちょっと光らせてチイ子を見ながら、

「なにかあったのよ、ママさんと純子で」

と言っている。

「ユーコに聞いてみたら」

とチイ子は言った。ユーコはここへ来るまでママさんの部屋にいたのである。ママさんの部屋はすぐ裏のアパートの2階である。

「ユーコ、ユーコ」

とレイ子はユーコを呼んだ。ユーコには聞えないらしい。客が、

「なんでもない、なんでもない」

と首を横に振って打ち消している。この客はママさんの客だが、ママさんのパトロンが経営している会社の事務員なのである。レイ子は、この事務員がここへ来て、ママさんのことを打ち消したり、聞きたがったりしている様子が変だと気がついていた。レイ子は1番のボックスへ行ってユーコの手をひくようにしてつれてきた。

「ママさんと純子のあいだになにかあったらしいけど、あんた、知らないか」

ユーコはそんなことは少しも知らない。

「べつに」

と言って、

「なんかあったの？」

と聞き返した。

「あんた、夕方までママさんの部屋にいたでしょ」

とレイ子が言った。すぐ裏の部屋だから誰でもそこへは行くのだが、ユーコは今日、午《ひる》すぎから夕方までママさんの部屋にいたのだった。ママさんは今日は留守で、夕方帰ってきただけである。

「なにかあったの？」

とユーコはまたきき返した。

「あったらしいよ」

レイ子は自分のアタマに手をやってくるくる廻して見せた。さっきレイ子はママさんの部屋に行ってきたのだった。この客から頼まれて様子を見に行ったのだが、ママさんはすぐお店へ来ると言っていた。だが、まだ来ない。

「変なんだよ、ママさん泣いていたらしいよ」

とレイ子は言う。

「どうして、わかった？」

ともう1人の客がレイ子に聞いた。

「そりゃわかるよ、泣いていたか、いないか、顔を見りゃわかるわよ」

とレイ子が言った。ユーコも、

「そりゃわかるわよ」

とレイ子の調子にあわせてそう言った。

「なにか、あったらしいよ」

とレイ子はなんとなく真剣な口ぶりである。1番のボックスではサクラ子がママさんの来るのを待っているのである。学生がサクラ子と外へ出ることにきまったのだが、勝手にお店を出て行くことは出来ないことになっている。学生は先輩の黒眼鏡の客に酒を吞ませてもらったばかりでなく、男性として初めての試みである異性との性行為をさせてもらうことにきまったのだった。それには金が必要なのである。場所と相手の料金、料金を出してすることは法律上では禁止されているが、勿論この学生も先輩も相手の女性も充分承知しているのだった。相手の女性は1番のボックスのサクラ子だった。費用は先輩が出すことになったのである。すべてはきまったけれどもママさんが来ないので、サクラ子は外へ出ることが出来ないのだった。2番のボックスではチイ子が、

「ねえ、もっと、ウイスキーをのませて」

と言いながら客に抱きついている。洋酒をのませてくれと言ってはカウンターからウイスキーを運ばせているが、チイ子は少ししかのんでいない。ウイスキーはみんな客にすすめているのだった。それでも、

「ねえ、もっと呑ませて」

とチイ子は客にしがみついている。よく見ればチイ子はさっきから客にしがみつきながら、客のポケットへ手を押し込んで手にさわるものをみんなつまみだしているのだった。

「なにさ、これ」

ポケットの中のチリ紙のまるめたもの、タバコのこぼれた屑、ライター、みんなチイ子が摑みだしてボックスの下に捨てている。

チイ子は客にしがみついて客の頰に脣《くちびる》をあてた。それからヒステリックな甲高い声で、

「いつになったら、わたしをしびれさせるの?」

と、癇癪《かんしゃく》をおこしたような言いかたになっている。それから、

「なにさ、こんなもの」

と言いながら客の上着の内ポケットから財布をつかみだして足許に捨てた。

「なにさ、これは」

と客のネクタイをはずしはじめた。チイ子は足で財布を蹴とばしてしまった。

「俺の財布だよ」

と客はのろのろ言っている。

「ダイジョブよ」

とマリーが財布を持って客に渡した。チイ子はすぐに客の手からとり上げてまた床にすててしまった。入口から中学生のような少女が入ってきた。

「ママさん、どうしてたのよ？」

とマリーがふりむいた。ママさんが来たのだった。ボックスからは頭しか上に出ないぐらいな小柄だが、顔も頭も小さいので中学生ぐらいにしか見えない。三つ編みに編んだおさげ髪が肩から胸へ2タ筋に下っている。ホステスたちはみんな着物だが、ママさんはグレイの肩のないネグリジェのようなワンピースである。入口から背の高い肥った着物姿の女が入ってきた。彼女は、

「雨が降ってきたわよ」

と言っている、髪の毛が濡れているので雨がかかったのだろう。ホステスの純子である。

ママさんはさっさとカウンターの中に入ってしまった。そこのピンクのボックスにはママさんの客がふたりとレイ子とユーコがいるが、ママさんはそっちは見もしない。カウンターの善さんの横で伝票をしらべている。何か探しているらしい。純子は1番のボックスの学生の横に割り込むように腰をかけた。

「にくらしいわねえ、このでかいオケツ」

とサヨコがふざけて言っている。

「しようがないじゃないの、小さくならないんだもの。ウフフ……」

と純子は明るく、大きい笑い声である。

「ママさんは」

とサクラ子があたりを見ている。ママさんは背がひくいので、カウンターの中にいるが、サクラ子にはわからないらしい。

「こっちへひっぱっておいで」

と純子が言った。

「行くわよ、いま」

とママさんの声がカウンターの中からぶっきらぼうに言っている。

「こっちへおいでよ、今夜はうんと呑んでやるから」

と純子は力《りき》みかえるような言いかたである。

「のむよ、わたしものんでやるから」

　とママさんはもう、黒眼鏡の客のボックスのうしろに来ている。ママさんは黒眼鏡の客の横に割り込んで、じいっと向う側の純子の顔を睨んでいる。

「なんだヨ、その顔」

　と純子はかみつくように言った。レイ子が気づいているように、2人のあいだにはなにかあったようだ。気がつくと、さっきそこに腰かけていた学生とサクラ子はカウンターの前に並んでスタンドに腰かけて何か話している。外は雨が激しく降りだした。ピンクのボックスからレイ子が来た。

「ママさん、ちょっとおいで」

　と呼びに来たが、ママさんは、

「行くよ、どんな話か知ってるよ」

とレイ子の顔も見ないで言っている。ママさんは新しいホステスのアケミが目の前に腰かけているが、気がつかない、というより、純子を睨みつけているだけである。入口から3人連れの客が入ってきた。ボックスがふさがっているので、カウンターのスタンドに腰かけた。

「あら、あら」

　とサヨコとレイ子が客たちのあいだのスタンドに割り込んだ。2番のボックスではチイ子と客が抱きあって接吻をしている。スタンドに並んで腰かけていたサクラ子と学生が1番のボックスに行ってママさんの前に並んで立った。

「ママさん、オソバ食べに行ってもいい、20分ぐらい？」

オソバを食べに行ってくるというのは、ここでは客と性行為をするために外へ出ることになっているのだった。サクラ子は学生と腕を組んでいて、2人とも玩具の兵隊さんのようにキチンと並んで立っている。その学生の顔をママさんはじいっと見つめた。それからママさんの視線は少しずつさがっていく。ママさんの眼は学生のズボンの股のところで止って、じいっと見つめて、それからまた下へ少しずつ見おろしていった。そして足許をじいっと眺めた。ママさんは学生の頭の大きさ、腕の太さ、胴の長さ、ズボンの股のところのふくらみ、足の大きさを観察していた。それはこの学生の身体つきから性器の大きさまで割りだす観察だった。こうした場合、サクラ子は戦場に進んでゆくほど危険な場所に赴くのである。相手の男はどんな男だかわからない。変態性欲者ならサクラ子は殺されてしまうかもしれないのだった。どんな事件が起るかも知れないのだから、ママさんとしては、相手の人相から身体つき、服装まで観察して知っておかなければならないのだ。また、相手の男が警察関係の者で、あるいはお店の様子を調べにきたかもしれないのである。そんなことになったら、サクラ子ばかりではなく、この店にも影響するのである。ママさんは観察が終って、

「いってらっしゃい」

とサクラ子のほうを見てうなずいた。

「じゃあね」

サクラ子はママさんに言って、学生に、

「いきましょう」

と腕をひっぱった。サクラ子と学生は入口のドアを出て行った。外はもう雨がやんでいるようである。入れちがいにドアのところに、背の高い紳士が立った。ずうっと入ってきてお店の中を見廻している。新しいホステスのアケミが1番のボックスから立ち上った。入口の客にうなずいてスタンドのほうへ行った。スタンドはサクラ子と学生が腰かけていたあとに、もうユーコが腰をかけて3人連れの1人の相手をしている。アケミは客だけ腰かけさせて、その横に立っている。善さんがおしぼりを客に出した。客もアケミも寄りそっているが、2人とも黙っている。3人連れの客の1人がポケットからタバコを出した。その途端に、バラバラ金が床に落ちた。

「あらあら」

とサヨコが床で百円玉2個を拾っている。

「これ、わたしの貯金箱に入れていいでしょう」

そう言いながら10円をまた1個拾った。

「いいよ、いいよ」

と客はつまらなそうに言った。ぴたん、と1番のボックスのほうで叩く音がした。スタンドでレイ子がふりむいたが、1番のボックスで、誰が誰を叩いたかわからない。純子とママさんは睨み合っている。どっちが叩いたのかわからない。レイ子はふり返ったままそっちを見ているので、そばの客もそっちをふりむいたが、純子とママさんが睨みあっているだけである。客はつまらなそうにすぐ元のほうに顔をむけた。1番のボックスでは黒眼鏡の客がよろよろと立ち上った。カウンターのところで、

「また来るよ」

と言った。レイ子がスタンドから立って、

「あら、学生さんを置いて帰ってしまうの?」

と黒眼鏡の客にしがみついた。

「ああ、いいんだ、ヤツはあとから帰ってくるよ」

そう客はレイ子に言っている。

「お勘定は」

と黒眼鏡の客は言った。

「ヤツの分もいっしょにしとくよ、サクラ子ちゃんにはべつに金を渡してあるからな」

と言っている。カウンターで善さんが伝票を書いている。

「まだいいでしょう」

とレイ子は客にしがみついている。善さんが伝票をレイ子に渡した。レイ子はそれを黒眼鏡の客に渡している。

「4千円と3百円かい」

黒眼鏡の客は伝票を見ながら内ポケットから1万円札を出してレイ子に渡した。レイ子は善さんに渡して、善さんはおつりをレイ子に渡した。

「じゃア、またきてね」

そう言いながらレイ子はおつりを客に渡した。客は入口のドアから出て行く、そのうしろからレイ子は客を送っている。善さんの眼がギロッと光った。1番ボックスで純子を睨んでいたママさんの眼も急にギロッと光って、うしろむきだがドアのほうに眼をやった。カウンターの善さんがレイ子のうしろ姿に光った眼を注いでいる。スタンドではアケミと客が小さい声で話しはじめている。

「ここは、誰にも知られちゃいないね」

と客の紳士が言っている。

「知らせやアしないわよ」

とアケミは答えている。それから、

「30万円を15万円にまけさせたんだから10万円ぐらいわたしに」

とアケミは言っている。

「はっきり手を切ると決めたんだな」

と客は言った。

「きまってるわよ、10年も一緒になっていたんだから、15万円ぐらい安いものよ」

とアケミは言った。

「そりゃあ安いもんだよ、はっきり手が切れれば」

「15万円ばかり、鼻糞《はなくそ》」

と言って、

「チリ紙代じゃない」

とアケミは言い直した。

「たばこ代だよ」

と客は大きい声になった。入口から客がまた入ってきた。3人連れと2人連れの2組である。

「いらっしゃい」

とホステスたちは忙しくなった。外は止んだ雨がまた降りだしたようである。1番のボックスに客がつめかけたので、純子を睨んでいたママさんは立ち上った。

「うそつき」

とママさんは言って、入口から外へ出て行った。純子はママさんのうしろ姿を睨んでドアを見送っている。だが、となりに客が腰かけたので、

「あら、いらっしゃい」

と笑顔になった。

「なんだいアレは、ママさんじゃないか？」

とその客が言った。

「変なのよママさん、生理でしょ」

と純子は言って客の背をさするように手をやった。ピンクのボックスには客の2人だけしかいない。善さんがカウンターから忍ぶようにピンクのボックスのところへ行った。客のうしろから小声で、

「ママさんは出て行ったが、どこへ行ったたでしょうか？」

と聞いた。客の肩と肩のあいだからのぞいている善さんをふりむいて、客は、

「どこへ行ったっていいじゃないか、こんどママさんじゃなくなるんだ、純子さんがママさんになるんだからな」

と言った。

「えッ？」

と善さんは前へ廻って反対側へ腰をかけた。テーブルからのりだすように客のそばに首

をつきだして、

「コレが、そうしたんですか？」

と親指をつきだした。客の1人は中年で、1人はそれより若い。その若いほうが、

「この店は社長が持ってるんじゃないよ」

と言った。中年のほうが、

「俺が持ってるんだよ」

と言った。途端に横で、

「あら、ウソ言ってるわねえ」

とユーコが言った。いつのまにかユーコがそこへ来て話を聞いていたのだった。ユーコはそう言いながらボックスに腰をかけて、

「前に、コレのもんだって言ったでしょ」

とユーコは目を丸くしている。

「いやア、社長じゃないよ、はじめから俺の名義だよ」

と中年の客は言っている。善さんが、

「変だなあ、社長のものだから社長がママさんにやらせたんじゃないかな」

と、これも眼つきを変えている。

「いやア、いやア」

と中年の客は首を横に振って、

「はじめから俺の名になっているんだ。社長なんか何の権利もないんだ」

と言った。善さんが、

「そんなことはないでしょう、社長と純子が出来たから、こんど純子にやらせるんだ、社長が持ってるんだよ」

と言った。ユーコも、

「わかった、わかった。あんたなんか社長の部下じゃないの。なんでも社長の思うようになるわよ」

中年の客は、

「君等はわからないよ。会社というものは複雑なんだから」

と言っている。

「ママさんは承知したのかなあ」

と善さんがつぶやいた。

「承知するも、しないもないよ、今日、社長から引導を渡したんだ」

と客は言い、こんどはユーコに向って、

「それで、俺はそのうけつぎに来たんだよ、この店は俺の名義だからな」

と言った。

「そりゃ、わたしたちには会社のことなんかむずかしいからわからないけど、あのママさん、ハイサヨナラと出て行くかねえ」

とユーコがひとりごとのように言う。

「ハイも、サヨナラもないよ、あんなものに何も言えないよ、あんなの、子守おんなだったンだ。前のバーでは雑巾ふきばかりしてたんだよ。社長が目をかけて、当分、ここをやらせといたんだからなア、以前のことを知ってりゃ、ハイもサヨナラもないよ」

と客もひとりごとのように言っている。そう言うと、善さんも、

「ママさんだってケチケチしてるんだからなあ、だいぶ握ってるぜ。百万や2百万はガッチリだ」

と言いだした。

「そうだろ、そうだろ。君がいちばんよく知っているはずだ」

と若いほうの客が言った。ユーコも、

「そりゃそうよ、1カ月でそのくらいあがってるんだから」

と言いだした。若いほうの客が、

「えっ、ほんとかね、そんなに儲かってたんかね?」

そう言うと、善さんが、

「そりゃ、売りあげだよ。売り上げ全部もうからないからね、俺がここへ来てから1年は

たってるから、ママさん、1年と半だろ、百万や2百万は軽いよ」

と言った。中年のほうの客が、

「そうだろ、そうだろ、それだから、手切れなんかビタ一文出さないよ、なまじ小遣銭などやれば、かえって未練がましくなるからね、コレのやりかただ」

親ユビを出して見せている。2番のボックスの客は帰るらしい。酔っているので、マリーともつれあってカウンターのところに立っている。善さんが伝票を書くのでそっちへ行った。入口からは客がまた入ってきた。どやどやと6人も入ってきたので、テーブルに腰をかけてしまう客もあるが、この客達はどこかで飲んできたらしくかなり酔っているようである。

「レイ子、レイ子」

と客達は言っているが、これからレイ子を連れだして、オソバを食べに行くつもりらしい。ママさんの姿が見えないのでレイ子は外へ出られない。が、この客達は初めて来た客ではなくレイ子の顔なじみなので、今夜は店が締ってからどこかへ泊りに行くそうである。客は6人だが、レイ子はマリーを誘っているので、この客達の中の2人だけがレイ子とマリーを連れて行くのである。外の雨は降ったり止んだりしている。ママさんは出て行ったきり帰って来ない。ピンクのボックスにいる、この店を持っているという2人の客が、ウイスキーをのんだり、ときどきささやきあっている。アケミの客もスタンドで1人だけで呑んでいる。アケミは他の客の相手をしているが、この客も今夜アケミを連れて泊りに行くことになっている。店が終るまで待っているのだろう。客が多くなったのでこの客は窮屈そうでスタンドから腰が落ちそうである。

店が締るころになった。ママさんはそのころ戻って来たのだった。入口から黙って入ってきてカウンターの中に入った。背が小さいのでカウンターのかげで見えない。それでもホステス達はママさんに合図のように眼と眼を合わせ、いつのまにかお店の中から消えてゆく。

「レイ子」

とママさんは大きい声で呼んだ。レイ子がママさんに合図をして出て行くのを、ママさんは呼びとめたのだった。

「話があるから」

とママさんは言うのだ。

「いっしょに行くのよ」

とレイ子は客のほうを見た。ママさんの手がぐーっとレイ子のほうにのびた。手はとどかないがパチンと指を鳴らして、

「用事があるよ」

と言っている。

「いっしょに帰るのよ」

　とレイ子は客と腕を組んでいる。

「あとから行かせるから」

　とママさんは客に言っている。

「どこへ行くかわからないじゃない」

　とレイ子はぶつぶつ言っている。

「あとでここへ電話をかけてもらえばいいじゃないか」

　とママさんの口ぶりは荒くなった。眼もひときわ光っている。

「じゃあ、先に行ってて、あそこでしょ」

　とレイ子は客に言った。客はうなずいている。レイ子は客と行くところは知っていたようである。閉店の時間はもう過ぎている。レイ子はひとりごとのように、

「いまごろまで何してたんだろ、いまごろ帰ってきて、いまごろ……」

　とぶつぶつ言っている。客たちが帰ったので店の中は静かになった。ママさんは2番のボックスに腰をかけていて、カウンターの中に善さんがいて、ピンクのボックスに学生と別れて帰ってきたサクラ子とレイ子が腰かけているだけである。

「なんの用かしら、早く言ってくれればいいのに」

　とレイ子はぼやいている。サクラ子もこれから帰るのだった。入口から純子が入ってき

た。純子は黙ってサクラ子たちのボックスに腰をかけた。レイ子は客と打合せているので早く帰りたい。

「帰るよ、ママさん」

と声を出した。2番のボックスでは何も言わない。入口のドアが明いてアケミが入ってきた。善さんに、

「わたしに、電話か何かあった」

と聞いた。

「電話はなかったけど、お客さんが来たよ」

と善さんが教えてやった。

「あら、どうした？」

「スタンドで呑んで帰ったよ」

「わたしのこと、なんて言った？」

「今日から来ると言ったが、いまいないと言っておいた」

「どうもありがとう。あのお客さんと出て行ったとは言わなかったでしょうね」

「言いやしないよ、いまいないと言っただけだよ」

「どうもありがとう」

アケミは客の社長のほかに、もう1人の客にも、この店に来ていることを知らせてある

のだった。

「ねえ、何か用事？」

とレイ子がママさんのボックスに行って聞いている。

「わかってるだろ、言わなくったって」

とママさんはレイ子のほうを見ないで言っている。

「………」

レイ子は黙ってママさんの向いのボックスに腰かけた。

「いくら盗《と》ったんだい？」

とママさんは言った。それから、

「わたしが知らないと思っているのかい」

と言った。

「なんのことだかわかりゃしないワ」

とレイ子は下をむいて言っている。

「1番のボックスに長くいたお客だよ、黒眼鏡の客からいくら貰ったんだよ」

とママさんは言いだした。1番のボックスの客がチップを置いて帰ったらしいが、この店ではチップは一応善さんに渡して、あとでみんなで分けることになっていた。だがレイ子は自分1人で取ってしまったようである。

「学生といっしょの黒眼鏡のお客さんだよ」

とママさんはまた言った。レイ子は下をむいている。善さんがカウンターのところで、

「かくしたってだめだよ、俺も知ってるんだから」

と言っている。客が帰るとき、つりを渡すのは誰も見ていない筈である。客も黙って帰ったし、レイ子のうしろ姿しか見えない筈である。誰にも知られない筈だが、レイ子は目の前のテーブルへ丸めた札を1枚投げつけるように置いた。

「わかってるんだぞ」

と善さんが言いながらこっちへ来た。

「1万円のおつりの5千円札だよ。おつりが5千7百円で、7百円しか渡さないで、5千円札は丸めて帯にはさんだんだ」

と善さんは言って、

「札を丸めた音を聞いたんだ、俺は。5千円の札だからほかに札はないんだ」

と善さんはレイ子には言わないでママさんに言っている。

「わかってるよ」

とママさんは言って、

「お客がしぶしぶ帰ったのをわたしは見ていたんだよ、それくらいわかってるよ」

とママさんはレイ子に言って、それから、

「お客をドアのところまで送っても行かないでさ、お客の帰るのを離れて見ているんだよ、わかるじゃないか、お客に有難うとも言わないでいるんだよ、5千円札を渡さなかったんだ」

と善さんに言った。チップをひとりじめにしたことは誰にも見られなかったが、客の扱いかた、客の帰る姿で、ママさんに知られてしまったのである。

「………」

レイ子は黙っている。

「悪いと思ったらそれでいいよ」

とママさんはやさしい言いかたになった。レイ子は黙っているが、悪いと思っているのではなく、観念しているのだった。

「………」

レイ子はまだ黙っている。

「早く行ったらいいだろ、待ってるんだろ、客が」

とママさんはやさしく言って、クシャクシャに丸めこんだ5千円札をとって善さんに渡した。むこうでサクラ子が、

「レイちゃん、帰らない」

と誘っている。レイ子は立ち上ってピンクのボックスのほうへ行った。

「ヒヒ……」

とレイ子は首をすくめてサクラ子の顔を見て笑っている。その笑い声は明るく大きい声である。

サクラ子とレイ子が帰ったので、ピンクのボックスには純子が1人になった。ママさんは2番のボックスに腰かけている。電話が鳴って善さんが受話器をとった。

「ハーイ、ハーイ」

と善さんは言って、

「純ちゃん、電話だよ」

と呼んだ。純子が電話に出ようとすると、ママさんが出てきて、

「わたしが出るよ」

と受話器を持った。善さんに、

「スギの奴だよ」

と言った。スギというのは店が締るまでピンクのボックスにいたこの店の名義人の客である。

「うん」

と善さんは言った。ガチャンとママさんは受話器をおろした。何の話もしないで電話を切ってしまった。それからママさんはピンクのボックスのほうへ行った。そこに純子が1

人だけでいる横に立って、

「嘘ツキ」

と言って、また2番のボックスへ戻って腰をかけた。純子は黙っている。善さんはカウンターの中で後片付けをしていて、よく見ればさっき帰った筈のサクラ子がそこにいた。サクラ子はレイ子と外へ出たが、ママさんがこの店を止《や》めて純子がママさんになるらしいから、貰う金は今夜貰わなければならないとレイ子が教えてくれたのだった。サクラ子はここへ勤めてからまだ1度も給料を貰ったことがないのである。ほかのホステスたちは貰う金より多く前借りしているのでママさんが変ってもいいが、サクラ子は今夜貰わなければ「貰えないかもしれない」とレイ子から知らされたのだった。ピンクのボックスで黙って腰かけていた純子が2番のボックスのママさんのそばへ行った。ママさんの反対側に腰かけて射るような目でママさんを睨みつけている。黙ってまばたきもしないで睨みつけている。ママさんも純子を睨みつけている。背の高い肥った純子と小柄のママさんの2人は睨み合っていて何も言わない。そのうちママさんが、

「嘘ツキ」

と言った。それからパッと唾を純子の顔に吐きつけた。それでも純子は黙ったままでママさんを睨みつけている。そのうち純子が、

「言ったわね、よし、もう勘弁しないから」

を殴った。

と言った。そう言ったが、睨みつけているだけである。途端にママさんが純子のアタマ

「やったわね」

と純子は言った。それでも純子はただ睨みつけているだけである。パッとママさんはテーブルの上に膝をついて純子に飛びついた。パン、パン、パンとつづけて、ママさんは純子のアタマを殴った。そうしてわあっと泣きだしたのはママさんである。純子は黙ったまま睨んでいるだけである。殴ったママさんが泣いていて叩かれた純子は泣きもしない。

「ドクガ、アメリカのドクガ……」

とママさんは悲鳴のように喚いた。ぴくッと純子の唇がうごいて、

「何がドクガさ」

と声をだした。パチンと大きい音がして、こんどは純子がママさんの顔から首にかけて叩いた。純子の大きい手がまた振りあげられている。

「キサマ」

とママさんは女だが男のような言いかたである。

「夜の蝶がきいてあきれるぞ」

とママさんは怒鳴ってから泣き声になった。

「毒蛾《どくが》だぞ、アメリカの毒蛾だぞ」

と騒ぐように言っている。パチンと純子の大きい手が喚いているママさんの口許と鼻先を叩いた。善さんがカウンターの棚の新聞の重なっているのを1枚ずつ調べている。サクラ子に、

「あの新聞はいつだっけ、アメリカ毒蛾の写真が出ていた新聞は」

と聞いている。

「2、3日まえの新聞に出ていたじゃないの」

とサクラ子も善さんが調べた新聞の同じところをめくって探している。

「あった、あった」

と善さんが大きい声で言って、新聞をとりあげて、

「アメリカシロヒトリと言うんだ」

と言いながらサクラ子に見せた。アメリカシロヒトリという毒蛾が繁殖して森林や農作物や街路樹を荒す記事が新聞に出ていて、ママさんはそのことを言っているが、シロヒトリという名を覚えていないのでアメリカドクガと言っているのである。善さんはカウンターから出て2番のボックスのところへ行った。その写真の出ている記事のところだけを折って、ママさんの前のテーブルへ見せるように置いた。〝アメリカシロヒトリ〟という名を教えたのだった。ママさんと純子は抱きつくようにして泣いている。ふたりとも泣き声でしゃべっている。

である。


「よくもやったね、我慢していたのよ」

さっきの殴りあいや怒鳴りあいのような様子ではなく、純子の声は苦しく細く甲高い声である。

「純子、わたしは純子が可愛いんだよ」

とママさんも首をしめられているような声である。

「こんなひどいママさんだとは思わなかった」

と純子は言っている。純子はママさんからひどいことをされたと思っている。

「純子、おまえがひどいことをするからだよ」

とママさんは純子にひどいことをされたと思っている。

「ママさんにはお世話になったわねー、それでも、こんなひどいママさんだとは思わなかったよー」

純子は泣きながら喋っている。

「お前が可愛いんだよ、自分の子と同じに思っているんだよオ」

ママさんも泣きながら喋っている。

「はじめてお店に来たときは、着物も帯もみんなママさんが貸してくれたのに、こんなひどいママさんとは知らなかったよー」

そう言って、純子はママさんに抱きついた。

「ひどいよ純子、お前は毒蛾になってしまったんだよ、ひどいよ純子、夜の蝶だと言っていたのに、ひどいよ純子」

ママさんの泣き声はわめくような、唸るような声になった。急に純子の声は怒り声に変った。

「よくもドクガだなんて言ったわねー、あんまりひどいよー」

怒り声だが、純子は泣きながら怒っているのだった。

「ひどいのは純子だよ、わたしをこの店から追いだすんだ、ひどいよ純子」

ママさんの声も怒りになった。ママさんは泣くのを止めた。抱いていた純子をどんと突き離して、

「純子、わたしを追い出すかい、わたしのダンナをとってしまうのかい」

ママさんは小柄だが、テーブルの上に両膝をついているので純子より背が高くなっている。

「さあ、純子、出て行け、どこへでも行ってしまえ」

「…………」

純子は黙ってママさんを睨んでいる。

「…………」

ママさんも黙って純子を睨んでいる。

「わたしを追いだすのかよ」

ママさんは純子の胸の襟《えり》を摑んで騒いでいる。純子は襟をつかまえられてママさんを睨んでいたが、すうっと横をむいた。途端にママさんは片方の手で純子の肩を摑んで引っぱった。びりッと純子の着物の肩が破れた。

「ドクガ」

とママさんは言って、

「どろぼう」

と怒鳴った。純子は横をむいていたが、さっとママさんのほうに顔をむけた。猫の眼のように眼が光っている。

「もう許さないから」

そう言って、テーブルの横にあった灰皿をつかんでママさんに投げつけた。灰皿はママさんのアゴをかすめて横に飛んだ。

「出て行け、どろぼう」

とママさんは叫んだ。

「出て行くのはそっちじゃないの」

と純子はせせら笑っている。さっきの猫のような眼は光っているが、口もとは笑っている。

「わーッ」

とママさんが悲鳴のような声で泣きだした。せまいお店の中なので、ピンクのボックスにいたサクラ子は耳が遠くなってしまうようである。この様子ではいつまでたっても、話はきまりそうもない、とサクラ子は思った。このまま今夜のうちにママさんがどこかへ行ってしまうこともないから給料のことはあしたにしようときめた。

「帰ろう」

とカウンターの善さんに声をかけながら入口から出て行った。善さんは店のボックスで寝てしまうこともあるので今夜もまだ帰らない。善さんはカウンターに両腕をついてアゴに手を当ててママさんたちの喧嘩を退屈そうに見ている。さっき、ママさんのパトロンの社長から電話があって、喧嘩の様子を知らせるように言ってきているのだった。社長は今夜から純子のパトロンになるのだが、ホテルで純子を待っているのだった。そのことも純子に言わなければならないのである。善さんも、これから外で待ち合せているのだから早く始末がついてしまえばいいと思っているのだった。途端にママさんの泣き声が止んだ。何を思ったか、テーブルから降りてカウンターの中へ行った。その足許は元気のいい足どりである。いましがたまで部屋中に響きわたるほど泣いていた様子などは忘れてしまったようである。ママさんはハンドバッグをとりにきたのだった。それから純子の向う側のボックスに腰かけた。ママさんは小さい鏡をだして顔を直している。あんなに大きい声を出して泣いた筈だのに、その顔には涙のあとなど残っていない。ママさんは大きい声を出したが、声ほどの泣きかたではなかったらしい。純子とテーブルをへだてて、化粧を直している。そのママさんの顔を見ていると、純子のほうでもさっき泣いたのは声だけで、ウソ泣きだとすぐ察した。純子の大きい顔の大きい脣がうごいてうすら笑いになった。さっとママさんが純子のほうを眺めた。純子の眼もママさんを見ている。その脣から白い歯がかすかに見えているのだ。

「ドクガ」

とママさんはまた純子に言った。

「ふッふッふ」

と純子は笑い声を洩らした。

「ドクガ、ドクガ」

吐きだすようにママさんは言った。それから立ち上った。黙ったまま背をむけて歩いて入口へ行った。ドアをあけてママさんは外へ出て行った。2番のボックスでは純子のうすら笑いが消えていた。どこかを見ているようだが、ぼうっとしている。じっと動かない。カウンターの善さんは社長になんと電話をしてよいのかわからないので、純子に聞いた。

「純ちゃん、社長に、なんて言ったらいいんだい?」

そう聞いたが、純子は返事をしない。聞えないようである。善さんは、

「社長が待ってるぜ、純ちゃん」

とまた声をかけた。

「もう、堪忍しないからね」

と純子はひとりごとを言った。純子の手は自分の着物の膝をむしるように摑んでいる。それから立ち上った。入口のドアのほうへ行くので、

「よう純ちゃん」

と善さんは声をかけたが、純子の耳には聞えない。外へ出て行ってしまった。

外は雨が劇しく降っている。純子はあたりを見廻した。ママさんのあとを追うのだが、どっちへ行ったかわからない。急いで〝つながり横町〟から大通りへ出た。夜がふけた大通りは車が走っているだけである。どっちを見てもママさんらしい人影はない。立ち止って眺めていたが、純子は急いで引き返した。つながり横町のお店〝人力車〟の2軒さきの路地を入れば、お店の裏である。そこの2階がママさんの部屋なので、そっとあがって行った。しかしママさんの部屋は真暗である。

「ドン、ドン」と純子はノックした。中には誰もいない。

「ドン、ドン」とまたノックした。がここには戻っていないらしい。純子は階段を降りて下へ行った。（クルマで、どこかへ行ったらしい）と思ったが、念のため階下の入口のママさんの下駄箱を明けてみた。そこには小さいママさんの小さい靴が2ツあるのだ。（そ

うだったのか、たしかに部屋にいる）と純子は歯ぎしりをしながら2階へ上った。

「ガン、ガン」と純子は荒々しくドアを叩いた。

「………」

　中はなんの物音もしない。「ガン、ガン」と純子はドアを叩いた。

「ガン、ガン、ガン」と純子の叩きかたはだんだんと荒くなった。向いの部屋が開いて若い男が顔を出した。

「なんですか、いまごろ」

　そう言ったが純子は黙っている。

「ガン、ガン」とまた叩いている。向いの部屋の若い男は、

「なあんだ、手で叩いてたのか、蹴とばしているのかと思ったよ」

　そう言ってバターンとドアをしめた。純子は力のかぎり荒くドアを叩いた。さあっとドアが開いてママさんの顔が現われた。

「ドアが壊れるじゃないか」

　ママさんは小さい声で小言のように言った。すうっと純子は中へ入って、うしろ手でドアをしめた。ダブルの寝台があって、ママさんはそっぽをむいて腰かけた。ママさんはオサゲ髪をほどいたので、長い髪がバラバラになって背にたれている。

「よくも言ったわね」

と純子は睨んで言った。

「ドクガだよ、わたしのダンナを取ったんじゃないか」

とママさんは小さい声でまだ言っている。

「もう許さないから」

と純子は言った。途端にママさんはふりむきざま純子のアタマを殴った。パン、パン、パン、つづけてまた殴った。純子は黙って叩かれている。頭を下げるようにして歯を食いしばって叩かれている。

「わーッ」とママさんは泣いた。ママさんはベッドの下の絨緞《じゅうたん》に俯《うつぶ》せになって泣いている。

「純子、わたしは、おまえが可愛いんだよ」

と泣きながら喋っている。純子はベッドに腰かけて黙ったまま下をむいている。


翌日、サクラ子は早目にお店へ行った。お店にはまだ誰も来ていないので、裏のママさんの部屋へ行った。階段を上るとママさんの部屋はドアがあけ放しになっていて、ママさんは荷物を片づけているのだった。

「あら丁度いいところへ来てくれたわね、手伝っておくれ」

ママさんは忙しそうである。機嫌が悪いようだ。が、サクラ子には愛想がいい。純子が荷造り屋を頼みに行ってくれているそうである。ママさんがどこかへ移って行ってしまうのだから給料を貰わなければならない。

「いつ、行くの?」

とサクラ子はきいた。

「今夜、立つんだよ、だから忙しいよ」

と言うが、どこへ行くとも、言わない、それに、なぜ行ってしまうかとも言わない。サクラ子はだいたい察しているので聞く必要もないが、

「どこへ行くの?」

と聞いてみた。

「飛行機の時間がきまらないけど、荷物の整理をしてしまわなきゃ、何時の飛行機に乗れるかきまらないんだよ、大阪へ行くんだよ、大阪で当分お勤めしてみるんだよ」

とママさんは大阪へ行ってお勤めをするらしいが、ホステスになってしまうのだから、いままでのようにわがままな勤めかたも出来ないだろうし収入もずっと減るのではないだろうかとサクラ子は思った。

「たいへんでしょうね、またお勤めが出来るかしら」

とサクラ子は冗談のような言いかたで聞いた。

「大阪のほうがずっといいよ、前には大阪にいたこともあるんだから、大阪のほうがいい

よ、オモシロイよ」

ママさんは純子に追いだされた負け惜しみを言ってるのではなく、早く大阪へ行きたいようである。

「あの、わたし、貰ってないのよ」

とサクラ子は言った。

「おかね？」

とママさんはかるく言って、

「まだ、貰ってないのよ、ぜんぜん」

とサクラ子は言った。

「あら、まだいちども、もらってないの？」

とママさんは言って、

「あははは……」

と笑いだした。それから、

「そうだったんだねえ、いつから来たんだっけ、10日ぐらいだったろ」

とママさんは笑って言っている。

「チップは貰ってたろ」

とママさんの顔はサクラ子をぐっと睨んだ。チップを毎晩貰っていたのは別な計算で、サクラ子は日給2千円という約束だが、ここへ来たら千円にきめられてしまった。10日だから1万円は貰える筈である。

「…………」

サクラ子は黙ってうなずいた。なんとなくはっきり返事が出来ないのはチップのことを言われると、ほかのかせぎ——毎晩、客とオソバを食べに行って稼いだお金のことも言われるような気がしたからだった。階段から純子が上ってきた。

「また、来るよ、2、3日たったら、もういちど帰って来るよ」

とママさんは言った。純子が入ってきた。

「荷物は、一まとめにしておけば、荷造りをして送ってくれるそうよ、あした朝早く来ると言っていたわよ、今日は来ないって」

ママさんは、

「そいじゃ、ここへ集めておこうよ」

そう言ってベッドの横へ集めだした。純子もサクラ子も手伝ってまとめたが、荷物はほとんど衣裳だけである。この部屋にはママさんの代りに純子が移ってくるそうである。

ママさんは8時の飛行機に乗ったそうである。純子が羽田の飛行場まで送りに行って、お店へ帰ってきたのは10時すぎだった。今夜はお店の中がなんとなくしずかである。客はいつもより多く来たが、ホステスたちは客に熱っぽいサービスもしない。今夜からは純子がママさんになったので、ホステスたちは「仕事が出来やしない」と言っていたのに、純子が出来ない筈はないが、純子より他のホステスたちのほうがよい客を持っていたのに、仕事に使われることになったのだから、誰もが厭な感じがしていたのだった。

3カ月たった。純子がママさんになってからお店の様子が全部変った。ボックスは変らないが、並べかたが変って、1番のボックスと2番のボックスは並んでいたのが、両方の壁に離ればなれに置かれて、そのあいだに赤いペンキでぬったベニヤ板の境が出来て、せまい2ツの部屋に区切られた。カウンターの上の細い蛍光燈もふだんはつけないことになって、カウンターの天井に赤い細い短いネオンの線が1本ついた。お店は壁の行燈型の装飾燈とカウンターの上のネオンからくる光だけになったので、ボックスはぼうっと明るいだけである。ピンクのボックスは位置は同じだが、これもカウンターの上のネオンのあかりだけなので誰が腰かけているのかわからないほど暗くなった。ホステス達は全部変って、人数も純子のほかには3人だけしかいない。着物姿ばかりのホステスだったが、いまは純子が着物だけで、あとはドレスを着ている。入口のドアの横の柱の〝人力車〟の字は赤ペンキで消されて黒いペンキで〝サロン・M〟となった。バーテンの善さんもよその店へ行って、いまはバーテンの見習いだという純子の弟の大学生が来ている。前は有線でレコードを送ってもらったが、純子の弟の大学生はカウンターの隅に自分のステレオのプレイヤーを持ってきて、レコードをかけている。スピーカーだけがお店の両壁の上段につきでているので、ミュージックは大きく響いている。ホステスは3人だが、以前の客も来るし、こんどのホステスたちの客も来るのでお店は客が多かった。

「ホステスはもっと、いくらでもふやすつもりよ」と純子はいつも言っている。このごろは夕方の陽の暗くなるのがおそいので、8時すぎから開くことになっている。その晩は客がいつもより多かった。純子がお店に顔を出すと、

「まえのママさんが羽田から電話をかけてきた」

とホステスに知らされた。

「ふーン」と言いながら、純子は1番のボックスの客の横に腰をかけた。

「あらこんどは、随分来なかったじゃないの」

と客に言って、純子はママさんからの電話がちょっと気になった。羽田からの電話だから、帰ってきたのである。

「向いに出来た朝鮮料理を食べに行こうよ」

客が言っている。純子は電話のことはすぐ頭の中から消えていた。

「ママさん、お電話よ」

とスタンドでホステスの茂美が呼んでいる。

「誰？」

と純子は聞いた。

「女のヒトよ」

と言うので、

「そう」

と純子は言った。前のママさんなのだ。電話に出ると面倒なので、

「聞いて頂戴、なんの用事か」

と言った。茂美はカウンターの中へ行って電話をきいている。（何の用事で帰ってきたのかしら）と純子は考えたが、さっぱり見当がつかない。用事があるならここへ来る筈である。茂美がカウンターの中で、

「ママさん、迎えに来てくれって……」

と言っている。

「迎えに来てくれって？」

と純子はボックスで言った。変なことを言っているけれど、間違えて電話がかかってきたのではないかと思った。

「誰なんだよオ、間違いじゃないかい？」

ボックスのうしろへ純子は肩だけむけて、茂美のほうへ聞いた。

「ママさんだって、前のママさんだって、羽田へ着いたけれど、電車賃がないからくるまで迎えに来てくれって」

と茂美がこっちへ言った。やっぱりママさんだったのである。それにしても飛行機で帰ってきたのに電車賃がないというのは変である。

「なんでまた電車賃ぐらいないんだろう?」

と純子は横の客に言って、

「アハハ……」

と笑った。可笑《おか》しくなって笑ったが、

「なんで、電車賃もないんだろう?」

とまた客に言った。客は以前のママさんなど知らない人である。

「なんでまた電車賃もないんだろう」

と客も言って笑っている。

「出てくれって、電話口へ出てくれって」

と茂美はこっちへ言って、

「うるさいよ、この電話は」

と茂美は電話口へも言っている。純子は電話へ出るのが面倒だった。以前はママさんだったが、今はなんでもない人なのだ。

「まったく、うるさいわねえ」

と純子はひとりごとのように言って、大きい声で、

「電車賃がないなら、クルマを拾ってここまで来りゃいいじゃないの、わたしがクルマ賃を払ってやるから」

　と言った。茂美が電話口で言ったらしい。電話を切って、茂美はスタンドの客の相手をしている。純子は気になったのでスタンドへ行って、

「いまの電話、どうした？」

　と聞いた。

「来るって、クルマを拾って、ここへ来るからどこへも行かないように」

　と茂美は言った。ここへ来るからどこへも行かないようにと言っているらしいが、逢えば困るという事情もないのだから、来てもいいのである。逃げるとか、隠れるとでも思っているのだろうかと、純子は思った。

「お金を落してしまったって」

　と茂美が言った。（えッ？）と純子は思った。お金を落してしまったので電車賃がないというわけなら納得も出来るが、落したというのは嘘にちがいない。きっと、金を借りるつもりだろう。だが、この店をやっていたとき、百万円や2百万は金を溜めたと言われているが、実際は20万円ぐらいしか持っていなかったのだった。どうしたものか、儲かっていると思われたが、とにかく20万円だけはママさんが持っていたことは、純子は知っていた。あれから3カ月で金に困って来る筈はないのである。そんなことを言って純子から巻

き上げるつもりか、たかりに来たのではないだろうか、と純子は思えてきた。

（その手にのるものかい）

と純子は思った。それでもここへ来るクルマ賃ぐらいは出してやってもいいと思った。いまの純子には2千円や3千円のクルマ代ぐらいはなんでもないことだった。そのうちここへ来るだろう。客に、

「行きましょ、朝鮮料理をたべに」

と言うが、客は、

「行こう、行こう」

と言っていて、立ち上らない。もっと呑んでから行くようである。客がまた入ってきた。ホステスが3人なので、純子も相手にならなければならない。2番のボックスへ行ったり、1番のボックスへ行ったり、純子は忙しかった。いまは以前のようにボックスに腰かけさえすれば3百円のサービス料はとれなくなった。同じホステスが何回も交替してそのたびにサービス料がつけば、いつかは客に嫌われるから、サービス料は適当につけるようになった。客の顔色と時間で大体きめて、前よりはいくらか安くしているつもりである。

ママさんが来たのはかなりたってからだった。入口のドアを半分あけて、

「純子、純子」

と騒ぐように呼んでいる。

「あら、ママさん、こっちへおいでよ」

と純子はボックスで、そっちも見ないで言っている。

「クルマ賃ないのよ、大通りの角にクルマを待たせているのよ」

とママさんは入口から身体を半分入れただけである。

「払ってあげるよ」

と純子は言って、カウンターにいる弟に、

「マサちゃん、クルマ、いくらだか、払ってあげて頂戴」

と声をかけた。バーテンの正雄が大通りへクルマの料金を払いに行くので、ママさんは入ってきた。片方の足は靴をはいているが、片方の足はハダシである。

「靴を片方なくしちゃった」

そう言いながらこっちへ来たので、

「アハハハ……」

と純子はボックスで笑った。客たちもホステスたちもママさんの跣《はだし》の足を見て笑っている。

「どうしてまた、靴を」

と純子は言って、ママさんを眺めた。片方の足が跣でも、ママさんは気にしないようである。

「どっかへなくしちゃったのよ」

とママさんは言っている。片方だけ靴をなくしてしまったのは変である。

「バカねえ、誰か、履くもの持ってきて」

と純子は言った。とにかく、見ているほうが厭な気になってくるほど変な恰好なのである。ほかのホステスたちは客の相手をしていて、誰も持って来ない。

「早く、こっちへおいでよ」

と純子はママさんに言った。ママさんは純子の席に張りつくように割り込んで腰かけた。

「よく来たわねえ」

と純子は嬉しそうに言った。もう何の用事もないママさんだが、逢えば滑るような親しい口振りになってしまうのだった。客相手の口さきだけの話しかたが習慣になってしまったのかもしれない。

「逢いたかったよオ、純子」

とママさんも言った。ママさんのほうでも肉親に逢ったような口振りである。これも口さきだけの話しかたが習慣になってしまったらしい。お店の中を見まわして、

「変ったねえ」

と言っている。

「よくなったでしょ」

と純子は言った。お店がよくなっているのは、自分のちからなのである。もう、以前のママさんは関係がないことを証明しているのだ。

「ほんと、よくなった」

とママさんも言っている。それから、

「お店のコもみんな変ったのね」

と言った。

「そう、いまは、いいコばかりよ」

と純子は言った。そうして、以前のホステスが1人もいないのも以前とはちがう店のように思われるのである。

「ずいぶん、すくなくなったね」

とママさんは言う。これはホステスが減ったことだが、

「そうよ、大勢じゃないほうがいいのよ、このくらいが」

と純子は言った。もっとふやしたいつもりだが、この場合、そんな理由は言わなくてもいいのだった。

「クルマ代いくらだった？」

と純子はカウンターのほうに声をかけた。クルマ代など払ってやるが、ママさんはどんなつもりでクルマ賃を払わせたのか見当がつかないので、こう聞いたのだった。

「千2百円だった」

とカウンターで正雄がこっちへ言った。

「わるかったわねえ、払わせちゃって、お金を落しちゃったのよ」

とママさんはあっさり正雄のほうに言った。

「嘘ッ」

と純子は言って、ママさんの肩をぐーッとつねった。

「ほんとだよ、飛行機を降りるときに、どこかへなくしちゃったんだよ、靴も片いっぽう」

と言っている。お金だけを落したなら嘘かもしれないが、靴の様子では(本当かもしれない)と純子は思えてきた。

「朝鮮料理を食べに行こう」

と客が言う。こんどはすぐ行くらしい。純子はママさんを一緒に連れて行ってもいいと思った。

「行かない? すぐ前でこんどやってるのよ」

と純子はママさんに言った。

「あら、おごってくれる?」

とママさんは客に聞いた。

「いいよ、いいよ、いっしょに行こう」

と客も言った。それにしてもママさんは片方の足が跣で腰かけているのだ。

「ねえ、何か履くものを貸してくれない」

とママさんはあたりを見廻しながら言って、

「純子のもの、なにか貸して」

と純子に言った。裏の部屋に純子の靴はあるが、大きいのでママさんには履けない。純子はひょっと靴を買ってくれと言うつもりではないかと思った。

「何か履くものを持ってきて」

と純子がまた大きい声で言うと、カウンターの正雄がスリッパを持ってきた。

「あら、スリッパでいいじゃないの」

と純子は言った。朝鮮料理はすぐ向いだから、スリッパでもいいのである。

「ママさん」

と茂美がテーブルの前に立った。客と腕を組んでいる。

「ちょっと、ラーメンたべに行ってもいい？」

と茂美は外へ行くのを言いに来たのである。「ラーメンを食べに行く」というのは前の〝人力車〟のときの「オソバを食べに行く」という意味になっていた。茂美はスタンドで客の相手をしながら性行為の相談が出来あがったのだった。純子は客の顔を眺めた。アタマも顔も小さい。60歳ぐらいだろう。赤い顔つやは日焼けしている。労働者の顔である。背も小柄だが、ワイシャツの袖口が洋服の袖口よりも10糎《センチ》もとびだしている。洋服も古い。胸から腹にかけて胴が長い。腹が大きい。Mボタンの2ツ目がはずれている。そこのふくらみが凄く大きい。Mボタンがはずれているだけで、この客は初めてだが安心である。

「いってらっしゃい」

純子はうなずいて茂美にそう言った。それから、

「さあ、わたしたちも朝鮮料理をたべに行きましょう」

と純子たちも外へ出た。向いの朝鮮料理屋も狭い店である。入口の2人掛けのテーブルしか空いていない。純子とママさんは1ツの椅子に尻だけのせて腰かけた。

「どう、大阪は」

と純子はきいてみた。

「さっぱりダメよ」

とママさんは気のない返事である。大阪で金持の客は見つからないらしい。この様子では金を借りに来たのかもしれない。それで純子は、

「でもママさんはいいわよ、お金持なんだから」

と言った。大阪へ行くとき、現金で20万円、ほかに7万円は持っていたからである。

「金はないよ」

とママさんは言った。（そら、言いだしたね）と純子は思ったので、

「あんなことを言って、20万円も持ってるくせに」

とからかうように笑いながら言った。レジスターが小さい椅子を持ってきてくれたので、ママさんはそれに腰かけながら、

「なんだい20万円ばかり」

と言って、

「全然ないよ、少し借りようと思ってきたんだよ」

と言いだした。純子の思ったとおり金を借りに来たのだった。純子はこの3カ月で30万円も銀行に預けておくほど、お店は儲かっているのだった。それにしても、どうしたことだろう、お店の収入はほとんど同じぐらいなのに、ママさんは1年半もやっていて20万円しか貯金していなかったのである。ママさんが金を貸してくれというのはたかりに来たのと同じなのである。（誰がお金など出すものか）と純子は思った。

「おかねなんか、誰だってないよ」

と純子は言った。金を貸すのを断わるにはなんとか言わなければならないのである。思いだしたのはママさんが大阪へ行ったあと、お米屋さんと電気料、他にサクラ子の給料を払っていかないことだった。

「ママさんひどいよ、ひどいひとね」

と純子は言った。

「あら、なんでわたしがひどいの」

とママさんは真剣な顔になった。

「お米屋さんのおかねまで私に払わしたじゃない？」

と純子が言って、

「ママさん、お米を炊いていたのね、知らなかったよ、取りに来たわよ」

と言った。お米は2升で4百円足らずだったが、純子に払わせようとしたらしい。

「ああ、忘れてたよ、お米屋さんから米をもらったけどワタシ払わなかったっけ、忘れちゃうよ、ちっとばかしのこと」

とママさんは言っている。

「払ったわよ、電気料だって払ったのよ」

と純子は言った。

「あら、電気代なんか当り前じゃないの、お店の電気なんか、引きついだ者が払うのは当り前よ」

とママさんは笑って言う。そう言われれば、あの時の電気料は純子が払うものだとも純子は思った。まずいことを言ってしまったので、

「それでもネ、お米のこともちょっと言っておいてくれればいいのに、なんでも私が払う

ことになるとキモチが悪いわよ。払ったものをまた取りに来たのかも知れないしね」と純子は言った。朝鮮料理を持ってきた。客はすっかり酔っているらしい。椅子に寄りかかっている。純子とママさんだけが食べて、

「酔ってるねえ、食べないねえ」

と純子は言って、ママさんと2人だけ先に帰ることにした。レジスターに、

「もう1人ぶんこしらえてね、あのお客さんを起して食べさせてね」

と純子は言って外へ出た。お店はすぐ向いである。ドアをあけて入ると、ホステスのはるみが電話口に出ている。

「うん、知られないようにね、うまくやっとくわ」

という言葉が聞えた。純子の眼が一瞬光った。ぐっと電話口のほうを睨んだ。電話の相手はこの店のパトロンの社長のように思えるのである。うしろにママさんがいる。いま、はるみに聞きただすのは厭なので、そっとスタンドに腰をかけた。正雄が、

「俺にも食わせろよ、朝鮮料理を」

と言った。その途端、はるみがこっちをふり返った。

「じゃあね、帰ってきたから」

と言って電話を切った。これで相手は社長だとはっきりわかったのである。だが「帰ってきたから」と言って電話を切るのは、隠しているのではなく、知られてもいいという意

味のようでもあるし、知りなさいと言っているようにも思えるのである。が、相手は他の客で、話もそれとは別な意味なのかも知れない。とにかく純子は相手をはっきり知りたいのだった。ママさんも純子のそばのスタンドに腰をかけた。はるみは1番のボックスの客の中に割り込んだ。その顔つきやそぶりは少しも変らない。電話の相手をたしかめようと思うが、ママさんがそばにいるので知られたくない。純子は1番のボックスの客の横に割り込んで腰かけた。テーブルの向いのボックスには客と並んでいるはるみの顔があった。

「さっきの電話、誰よ」

と純子は言った。

「…………」

はるみは返事をしない。（社長だな）と純子はきめた。スタンドではママさんが正雄と話している。

「お米のおかね、払わなくて悪かったわねえ」

と言っている。正雄が、

「ああ米屋のことかい、何回も取りに来たよ」

と言っている。あの米の金は、ママさんには払ったと言ったが、払わなかったのである。

（まずいな）と思ったが、正雄に知らせるまもない。払うとか払わないとか言っても、4百円か5百円のことだと、純子は思っていた。

「払わせてしまって悪かったわね」

　とママさんは言っている。

「払やしないよ、払う必要はないよ」

　と正雄は言っている。

「ああ、そうだったの。払わしては悪いから、あんたに払わなきゃ」

　とママさんはからむように言っている。

「もう取りに来ないよ」

　と正雄が言っている。ママさんは純子のボックスに来て、

「うそつき、お米のおかねなんか」

　と言いながら、純子のボックスに割り込もうとする。

「あら、払ってなかったかしら、払った筈よ」

　と言いながら、純子は立ち上ってママさんを腰かけさせた。ママさんは腰かけたが、純子の首にしがみつくようにして離さない。純子の耳許で、

「マージャンしない、今夜」

　と言うのである。金もないのにマージャンをしようと言うママさんは、負けても金を払わないつもりなのだ。勝てば金をとるつもりなのである。以前、麻雀をやったが、勝負の金だけはお互いにきまりをつけていたのである。（そうか）と純子は思った。麻雀で負け

て、少しぐらい金を持たせて帰らせようと思った。

「いいよ」

と純子は言った。

「麻雀やりたかったよ」

とママさんが言った。

「わたしもよ」

と純子は言った。それから、

「よく帰ってきてくれたわね、逢いたかったのよ」

と言った。こんなふうに言ったほうが早く帰らせるのによいのである。

「逢いたかったから帰って来たのじゃないか」

とママさんが言った。

「いつでもおいでよ、麻雀するから」

と純子は言った。

「そんなに、来られやしないよ、わたしだってお勤めをしているんだから」

とママさんは言うので、純子はこれは帰りの飛行機の切符ぐらいは負けてもいいと思った。金を貸せばまた借りに来るが、麻雀で負けて金をやるほうが、この場だけで済むのである。だが、ここへ来る費用より以上に金を持たせて帰せば、ママさんはまた来ることになるのである。純子はスタンドに腰をかけた。今夜、お店が終ってから麻雀をやるのだが、どのくらい負けたらいいだろうと考えている。スタンドの横の床にママさんの片一方の靴が眼についた。靴をなくしたというのは嘘で、どこかへ捨ててきたのだろう。ただ、金を落したと言っても本当にはしないだろう、靴は、捨ててきたのにちがいないと思った。それでも、片足は跣でも平気でここへきたママさんは、やっぱりあの20万円も、もう使ってしまっただろうと思った。純子は思いだしたようにスタンドで、

「ママさん、どうして片一方だけ靴をなくしたの？」

ときいた。

「飛行機から降りたら、気がついたときは靴が片一方ないのよ、財布も気がついたらないのよ」

とママさんは言うのだ。

「そいじゃ、すられたんだね、お金も、靴も」

と純子は言った。それから、

「アハハハ……」と笑った。

「アハハハ……」とママさんも笑っている。

履いている靴を一方だけすられることはないのである。ママさんが笑っているのは嘘がバレたので笑っているのだ。電話が鳴った。正雄が受話器をとった。

「おい、はるみ」

と正雄ははるみを呼んでいる。のろのろとはるみがカウンターの横の受話器をとった。

なにか言っている。純子ははるみのうしろへ立った。向うの声がはっきり聞える。

「なにをまごまごしてるんだい、早くこいよ」

電話口から聞えてくるのは社長の声である。社長は1週間も純子を泊りに誘わないのだ。

はるみとの関係は1週間前から出来ていたのだ。純子ははるみの肩を押えつけた。

「…………」

はるみは白い歯を見せて純子をながし眼で見ている。

べえべえぶし（『庶民烈伝』その五）

「べえべえぶし」の善兵衛さんが死んだ。1ヘクタールと50アールの忙しい農業をしながら「べえべえぶし」を唄うことだけが楽しみのほかは働くことだけだった。65歳だからまだそれほどの老齢でもなかった。夏の終りの暑い日で田んぼの稲の穂も出始める頃だった。「べえべえの善兵衛さんを殺すにゃ刃物はいらぬ、稲の消毒すればいい」と村の人たちは言いあって、それは善兵衛さんの死を惜しんだ歌のような不思議な哀悼のささやきだった。

善兵衛さんは歌が上手《うま》かった。声もいいし節まわしも上手だが「べえべえぶし」だけしか唄わなかった。「ほかの歌はからきしダメだ」と言われたほど他の歌は下手だった。善兵衛さんの家は埼玉の菖蒲町《しょうぶまち》だが、町からは2キロも離れた農家ばかりの8戸しかない農村である。「べえべえぶし」はその村でも善兵衛さんの家の近くの7軒か8軒の村人だけしか唄わない歌である。野良唄で、古くから唄われていたらしいが善兵衛さんはそのときどきで歌詞が違うこともあった。善兵衛さんが畑仕事をしながら出まかせで唄う歌もあったから、歌詞によっては逆な意味などもあったりした。農業は天候のちがいや作物の出来ぐあいで変化するから、「べえべえぶし」の歌詞の意味もちがうのかもしれない。

「べえべえぶし」はこの土地の方言――「かんべえ」は「よかんべえ」で「だんべえ」は「そうだんべえ」、「たんべえ」は「したんべえ」のべえべえ言葉の方言で唄われるのである。

戦前と戦後では農業方法も変ったので古い歌の

つなみ風が3日吹きゃ
奥州《オーシュー》まで行くべえ
クモの糸を払うべえ

この歌詞などは戦後の若者たちにはほとんど意味は判らない。この村は関東平野のまん中である。つなみ風は台風のことで、台風が3日つづけばオーシュー（奥州、仙台方面）まで吹きとおすのである。この土地は現在は茄子や白菜、ネギのような野菜や、いちご、梨、桃のような果実の主産地だが戦前までは米と麦と大豆の主産地だった。見渡すかぎり田んぼは稲の海で畑は豆の平原だったそうである。稲に発生する害虫は豆の畑に移って来るのだが、豆には蜘蛛が巣をはっていて虫は蜘蛛の餌食《えじき》になってしまうのである。害虫の数は無数と言ってもいいだろう、その無数の餌があるから蜘蛛の数も無数にふえるのだった。蜘蛛は糸の巣をはって害虫を捕えるのだから豆の畑は蜘蛛の糸でまっ白になるのである。この蜘蛛の巣があるから畑の害虫は駆除されるのだった。台風が来るとこの蜘蛛の糸を払ってしまうのだから台風の直接の被害はなくても蜘蛛の糸が吹きとんでしまうのが大きい被害なのである。現在は消毒方法が発達しているから害虫は消毒で駆除しているが天敵の蜘蛛まで消毒してしまう。だからつなみ風のこの歌はいまは意味が判らないばかりでなく、関係がなくなってしまったのである。善兵衛さんもこんな歌は「いまのものにゃわからんべえ」と唄ってもつまらなかったらしい。耕耘機《こううんき》の歌やいちごの歌などを口から出まかせに唄ったようである。歌のあとの囃子《はやし》文句なども、

関東、関東といっても平《ひろ》うござんす

（もしもカントーに）

べえべえ言葉がなかったら

なべやつるべはどうするべえ

と、このくりかえしなどは善兵衛さんもときどきしか唄わなかったようである。なべとか、つるべなどが現代的ではないからだろうか。「もしもカントーに」の文句などは入れないときもあったり、唄い入れるときもあったようである。戦後は作づけもちがって豆の畑などはほとんどないのだから、つなみ風の歌のような現実味はないのである。

「べえべえぶし」は忘れられる野良唄と新しく出まかせに唄う野良唄の、田や畑の作物の葉の色のようにあざやかな変遷を物語っているのだった。

善兵衛さんの声やふしまわしの上手さもただ近所の人達しかしらない。やはり野良人た

ちは自分たちの畑のことを唄っていたから関心があったのだし、上手だと思い込んだのかもしれない。

あしたの天気は寒かんべえか
　　暑かんべえか
いちごの勝負で
　　まいとしまいとし
　　俺ァ頭をぶッつけた。

「頭をぶッつけた」と言うのはこの土地の方言で「頭を抱えた」とか「頭が痛い」の意味である。いちごの栽培は資本のかかることである。厳冬の12月から春の4月までビニールハウスで栽培するのだが、ハウスのビニールの中は陽がさせば摂氏40度から50度までになるので人間でも蒸されるような湿度の高い暑さになってしまう。そうなればいちごの葉も茎も蒸されてしなびてしまうのである。ハウスの中が暑くなれば窓をあけて風を通すのだが雲が陽を覆えば窓をしめなければならないのだった。冬から春まで、いつ陽がさして、いつ陽がかくれるか、その日の天候で頭を痛めるのだが「頭をぶッつけた」というのはハウスの中の温度の調節に失敗して、頭を抱えることなのだが、心配した、とか頭が痛いなどというよりガーンと頭をぶッつけてしまった頭の痛さなのである。いちごの勝負は菖蒲町の語呂でもあるし、いちご栽培にかけた資本を損をするか、それとも利益が上るのか勝負を賭けた意味かもしれない。ショーブという言葉はこの村の人には特別なしたしみがあるようである。「まいとし、まいとし」と言っても冬から春までは毎日、毎日つづく心配なのである。「俺ァまいとし、まいとし」は年間の収入の毎年、毎年でもあったり、毎年、その頃になると「毎日、毎日」なのである。だが、

ミソ汁、ぬかみそァ茄子だんべえ
　　うりだんべえ

茄子煮、シギ焼
　　まいにちまいにち
俺ァ茄子や胡瓜《きゅうり》と相撲取る

初夏から晩秋まで茄子と胡瓜が出盛りになれば朝のミソ汁のみは茄子である。おかずは漬物のぬかみそで、これも茄子と胡瓜ばかりである。夕食のおかずは茄子を醤油と砂糖で煮るか、ミソと砂糖と油でいためる茄子のシギ焼きである。おかずの材料がそればかりだから食べる量も大きい。毎日、毎日大量の茄子や胡瓜を食べるのだが、これも食べるというより相撲をとったように四つに組んでしまうのと同じである。農業が夕暮れまで働かなければならないのは日暮れ頃になると最も仕事がやり易いからなのである。暗くなるまで働くのだからおかずの買出しに行くことなど出来なくなってしまうのである。また買い出しに行ってから支度をするのは手数がかかるから、自分の畑にあるもので間に合せてしま

うのである。それに、毎日同じものを作ることが最も簡単な方法である。茄子や胡瓜の歌は畑仕事の忙しさと、簡易な食事を唄ったようである。

桃ァ伝十郎　ぶんぬいて
　長十郎植えた
ふところが開いて
　梨の玉あげ
俺ァたまげたべえ

この土地で果実の栽培が盛んになったのは幾多の変遷があったのである。幾多の変遷というと苦心惨憺《さんたん》の難事業の結末を物語るようだが、農村人はそんな風には考えないようである。事実は苦しみだが苦しみとは思っていないようである。その苦しみの記録はこの歌のようにユーモラスな表現で残され、語られる。失敗した経験を悲しんではいない。どうしてもやり通さなければならないのだから悲観的には考えない。農業の主体である、米、麦、豆を作っただけでは生活出来なくなったのはどうしたことだろう。農家の生活程度が向上したという理由もあるのだが、物価が値上りして生活が苦しくなったなら、主産物の米、麦、豆が値上りしているからそれでいい筈である。だがあらゆる面で生活様式が変ったのだった。米は水田だからどうすることも出来ない。畑の麦、豆を果樹栽培に転向したのだった。そうしてそれは県庁の技師たちによって研究された。そうしてこの土地は桃が適していることになった。「それ、桃を植えるべえ」と農民たちは畑に桃の苗木を植えた。苗代は資本なのだが余裕のある金でない。ほかの買わなければならないものを止《や》めて苗代にするのである。苗を植えて、出荷まで最低5年、栽培方法の研究やその年の気候も影響するから、失敗だときめるまでには栽培書のページをめくるようなわけにはいかないのだった。その間、長い日数をすごすのだが結局この土地では他の桃の産地に及ばないことにきまったのだった。指導だとか、奨励するほうでは栽培法だけのようである。出荷した結果がどんなふうになるのか技術者は関係がないのだから、失敗したら他の栽培に切り代えることしか方法がない。失敗しても失望などしていられないのだ。善兵衛さんの歌の「桃ァ伝十郎」の伝十郎は桃の品種名である。白桃、大久保、白鳳《はくほう》と桃の品種は数多いが、伝十郎と唄ったのは桃を梨の栽培に切り代えた梨の品種の長十郎に対して唄ったようである。この土地は長十郎梨が盛んである。桃の失敗は悲しみではなく、この桃の歌にはコッケイの味を含んでいるようである。収穫の不作は悲惨だが諧謔《かいぎゃく》で現わされていて、それは自嘲《じちょう》的なのかもしれない。桃をぬいて長十郎梨を植えて、この土地は長十郎梨の名産地なのである。歌の「ふところが開いて」というのは梨の木は地上から太い主幹が出て主枝が三つ股にわかれるのだが、そのわかれる個所の1平方メートル辺が「ふところ」と言われている。梨の実は、ふところに密集して実るのだが、「ふところが開く」というのは、ふところに実がならないことを言うのである。これは、着物の胸の辺を「ふところ」という言葉に似ているし、着物のふところには財布を入れたりする場合もあって、着物のふところが開けば財布が落ちてしまう――つまり、金がないという意味に似ているようである。また、金を落してしまうとか、金が落ちてしまうという意味にも通じているようである。

善兵衛さんの「べえべえぶし」はとくべつのメロディというものはなく、歌によってふしがちがっているのだった。「さのさぶし」や「都々逸《どどいつ》」のふしで唄ったり、明治の頃の流行歌の書生ぶしや、「金色夜叉の歌」のふしなどでも唄うのだが、「八木ぶし」のような囃子言葉などもまぜて、唄うような、シャベるようなふしなどもあった。が、どの歌もふしのおわりは善兵衛さん独特のふしのようでもあった。それは独特な声が、独特なふしまわしに聞えたのかも知れない。「金色夜叉」のふしでよく歌ったのが

七ツ、八つは鼻取りやっこ
今じゃ八束でどじょうすくい
かあちゃんに小遣いを騙し盗る

「七ツ、八つは鼻取りやっこ」というのは、まだ耕耘機がない以前は鋤《すき》を馬に引かせて田を耕したのだった。鋤を父親が持って、馬が引くのだが、その馬の口をとるのが子供のする仕事になっていたのだった。7歳、8歳と言えば小学校の2年生か、3年生である。以前は、そんな子供でも学校から帰ると馬の口を取る――これが鼻取りやっこと言うのだった。その小学生も耕耘機になったのでそんな仕事を手伝わなくてもいいのである。「今じ

ゃ八束で」は、八束土手《はっそくどて》のことである。その土手の下の川でどじょうを取っていることである。どじょうを取って川魚屋に売れば、よくとれる日は1日で千円から2千円ぐらい稼げるのである。小学生でも買物をするので千円でも2千円でも金は必要なのである。だから稼いでもその金はすぐ使ってしまう。それればかりでは足りないで母ァちゃんから小遣いの金をだまし取ったりするのである。善兵衛さんはこの歌のあとで、

やくざゴボーのタコの足
やくざ菜っパの傘のホネ
むすこも　むすめも
あましもんだんべえ

と囃子のように唄うのだった。「やくざゴボー」というのは出来のよくないゴボーのことで、1本が太く長くならないでタコの足のように曲って、短く、何本にも分れてしまうゴボーのことである。やくざ菜っパというのも出来のよくない菜のことで、害虫に葉を食べられてしまい、葉のスジだけが傘のホネのようになってしまう、キャベツや白菜のことである。タコの足のゴボーも傘のホネの菜っパも売りものにもならないし、自分の家でも使い道にならないのである。手のつけようがないことを「あましもの」と言うのである。「むすこもむすめもあましもんだんべえ」というのは、小学生ばかりではなく、高校生になっても、卒業して勤めても、息子も娘も、役には立たないという意味である。だから善

兵衛さんは鼻取りやっこの歌ではなくても、「あましもんだんべえ」をつけるのだった。

そばァ作れば
みけえ（3回）になるべえ
麦ヨー　取って
豆ヨー　取って
そばァ　取って

と唄って、その次に、

やくざゴボーのタコの足、やくざ菜っパの傘のホネ
むすこも　むすめも　あましもんだんべえ

と歌をつけるのだった。そばを作れば3回の収穫があるのだ。麦をとったあとへ豆をまいて、それが取れるとそばをまいて3度も収穫があるのに、やくざゴボーや、やくざ菜っパのように、むすこも、むすめも役には立たないと唄うのだった。

やくざ――あましものは、どちらも「役に立たない」という意味だが、ゴボーや菜っパやむすこ、むすめも役に立たないが善兵衛さんの眼から見れば人間たち――村人たちをもやくざ、あましものに思えたのではないだろうか、やくざゴボーのまえに、善兵衛さんは囃子文句で

アア、「子褒め、役好き、出させ好き」

と叫ぶような言いかたの合の手を入れることもあった。「子褒め」は自分の子供を褒めることである。百姓の生活は昔気質というのか、古い時代からの習慣からだろうか、農業は畑からとれる予定以外の収入は全然ないのである。大げさに表現すれば百姓は一生涯たっても予定の収入以外はないのである。これは、希望がない生活でもあった。農作物は高値のときもあるがそんな場合は収穫の少ない時である。豊作なら安値だから、高値でも安値でもほとんど変りはない。結局、百姓たちの希望は自分の子供に寄せられている。「子褒め」は自分の子供を褒めることだが、もし、予定以外の儲けを運んでくれるものがあるなら、それは子供以外にはないのである。なんとかして自分の子供のすぐれた点を見つけだそうとする。「画がうまい」、「野球がうまい」、「歌がうまい」、「自転車が速い」と、それは、幼稚園児でも小学生でも、ちょっと、すぐれた点があれば、将来、「競輪の選手になるだろう」「歌手になって」儲けてくれるではないだろうかと、取らぬ狸の皮の代金を計ったりする、そこには溺れる者が藁をつかむように自分の子供への将来を讃えるのは自分の子供を褒めることしか希望がないからなのである。

また、予定以外の儲けのない生活は何かの「役をする」ことになんとなく快感を味わえるのである。野菜、果実、神社、水道、生活のすべてに組合のような隣組のような組織を作る。そこには数名の役員、会計、組合長、副組合長があるのだった。何の希望もない人生には、そんな役をすることに自分の重要性を見いだすのかもしれない。生きる重要性を作りだすのである。農家には都会人には思いもよらない戦争中の遺物——隣組の組織が今も生きつづけているのである。神社の寄付も割り当ての強制である。そこには〝憲法違反〟でも何でも残っているのである。それは、「役を作る」ことと「役をする」ことに生きる重要性とプライドを見いだしているからである。おそらく、百姓生活には「役がなければ生き甲斐がない」のである。何かの役をしていることがまた世間に対して面目が立つことでもあるようである。「役」は「当番」のようなものだが「当番」ではなく「役」と呼ぶのである。

もっと悲惨な農業人の過去の生活を物語るのがこの「出させ好き」である。余分の収入のない生活の長い間の智恵は「他人《ひと》に出させる」という智恵を産んだのである。金銭、酒、食物等、他人から出させようとする。そのためには選挙でもなんでも自分の権利を放棄してしまう。「出させる」ことが眼に見える余計な収入だと思う観念はすべての意見、権利を犠牲にする。百姓の悲惨さ、哀れさを物語る「出させ好き」は善兵衛さんの歌では自己嘲笑だがユーモアに変ってしまう。なぜなら「むすこも、むすめもあましもんだんべえ」の前に、「子褒め」も「出させ好き」も一緒になっているからである。善兵衛さんも子供や孫の幼い頃は「子褒め」だったのである。また、善兵衛さんは「役好き」だったし、「出させ好き」だったのである。

ちッとんべえ、ぶんぬいても50年

ちッとんべえは「少し」という意味である。あとの歌でわかるのだが、ぶんぬいてもは草を少しぬくという意味で、少しずつ草を刈り取って50年もつづけてしまったというつもりではないだろうか。これは、また

ぶんぬいても、ぶんぬいてもまだ惚れられる

とも唄ったのである。惚れられるのは草に惚れられるという意味だが、次の

草に惚れられて育ったべえ

と唄った次に

草葉のかげへ巣をくうべえ

と唄うのである。

ちッとんべえ、ぶんぬいても50年

草に惚れられて育ったべえ

草葉のかげへ巣をくうべえ

草とりをして50年もすぎた。末は草葉のかげへ入って行くという意味のようである。これと同じ草葉のかげの歌でも、こんな風に、善兵衛さんだけにしか意味の通じない歌などもあったのである。

裏の婆ァさんにんべんとって

働くのじゃなかんべえ

うごくだんべえ
虫だんべえ
草の名所の草葉のかげへ
虫と一緒に巣をくうべえ

裏の婆ァさんというのはもうかなり以前に死んでしまった婆ァさんのことだそうである。裏の家の婆ァさんという意味だが、その家の婆ァさんはとっくに死んでしまったが、働きもので、働くのではなく、働くという字からにんべんをとって「動く」というのだそうである。この土地では「よく働く」という場合は働くのではなく「うごく」というのである。「虫だんべえ」は虫がうごくようにただ無心に働く、それは働くことをほめているのではなく、ただ働くだけで頭を使わない働き、悪い意味で表現すればただ身体ばかりをうごかして働くだけで収穫とか利益とかを考えない場合――つまり、霜が降ったり、ヒョウが降ったり、長雨がつづいたりする天災などで収穫の悪い場合でも、それは天の災いではなく、作る者の悪いことに責任を負わせてしまう。働くのではなくうごくだけで、損益などは考えないでただうごいているだけだという、働いても働きの悪さを言うのである。また、別な意味で、よく身体をうごかして働くが働くことは当り前で、虫がうごいているのと同じである、つまり、働いても、よく働くというねぎらいの意味などは全然ないのである。働いても、働いても当り前という意味もあるのである。草の名所というのは草ばかりが生えるという意味で、これも草が生えて困るというのを草の名所という自暴的な意味を含んでいるようである。虫のように働いて、死んだら草の名所の草葉のかげへ、虫と同じように草葉のかげへ巣を作るという意味ではないだろうか。

百姓は「草との戦いである」とも言われているのである。草ばかり生えてその草をとるのが苦痛のために畑を売って、減らしたという農家もあるほどである。これは草との戦いに負けた百姓である。

その日は「飛行機で稲の消毒する」という日だった。田んぼの稲の消毒は各農家で自由にやっていたのだが、今年は飛行機で空中撒布《さんぷ》をすることにきまったのだった。各家で勝手な時に消毒すると、1カ所を消毒すると害虫は隣の田んぼに移っていて、そっちを消毒するとこっちへ移ってくるが、飛行機で空中から消毒薬を撒布すると全部の田んぼが一時に消毒出来るのである。また、農家で使っている消毒機よりも消毒薬が密集している稲のあいだ深く浸透するのである。飛行機で消毒をすると言うが、飛行機ではなくヘリコプターである。

その日、朝早く、善兵衛さんは飛行機で消毒するのを眺めていた。ヘリコプターは遠くの田んぼから一直線に白い煙を吹いて舞い廻っている。その白い煙が消毒薬なのである。

眺めているうちに善兵衛さんは（はてナ）と思った。ヘリコプターの撒布する消毒薬に不審を抱いたのだった。飛行機の空中撒布は各農家が10アールについて3百50円の消毒料を出すことになっているのだった。それは農業会で金を集めて、ヘリコプターの会社へ交渉するのだが、善兵衛さんが疑問を抱いたのは、10アールは約1反で善兵衛さんの家だけでも田んぼが1ヘクタールだから3千5百円の費用を出しているのだった。善兵衛さんが思うのはヘリコプターの会社も営利会社であるし、農業会も、協同組合とは言っても肥料や農材料など購入する仕組になっているが、普通の商店よりも安いときもあるが高い場合もあるのだった。だから、善兵衛さんは農業組合も営利仕事をしているので手放しで任せておくわけにいかないのである。組合の支度することでも目を放してはならないのである。（白い粉をまいているが、まさか、うどん粉でもまぜてまいているのでは）と疑問を抱いたのだった。善兵衛さんは自分の田んぼのほうへ歩いた。田んぼの中に立って、ヘリコプターの来るのを待っていた。

そうして、ヘリコプターは善兵衛さんの頭上に来たのである。それは、善兵衛さんは立っていられないほどの強風にまき込まれたのだった。まっ白の消毒薬がまかれた。ヘリコプターは通りすぎた。消毒薬を善兵衛さんはよくかぎわけることが出来たのだった。疑ったが白い粉は（たしかに消毒薬だ）と納得が出来るほど嗅ぎわけたのだった。ヘリコプターは1往復をすると地上に降りて消毒薬を積み込まなければならないのである。それほど大量の消毒薬を積み込んで撒くのだった。善兵衛さんの田んぼは3カ所にわかれているので、次の田んぼにも立っていた。そうして、3カ所の田んぼの消毒をかぎわけたのだった。かぎわけるというより、善兵衛さんは消毒薬をすっかり吸い込んでしまったのである。

その晩、善兵衛さんは夕飯がすむとすぐ「頭が痛くなった」と言って寝てしまったのである。朝になっても善兵衛さんは起きなかった。善兵衛さんは急死してしまったのである。

「善兵衛さんを殺すにゃ刃物はいらぬ、稲の消毒すればいい」と隣人たちは不思議な哀悼の辞をささやいた。善兵衛さんの死んだ日、その日の午後、遠くから「わアわア」と泣き叫ぶ声が近づいた。泣き叫びながら善兵衛さんの家の入口をまがって入ってきた1台の自転車だった。嫁に行った善兵衛さんの娘――今年35歳になる、まさ枝さんだったが、善兵衛さんの死をきいて自転車で馳けつけたのだった。まさ枝さんは赤ん坊を背中におぶって自転車へ乗って、前に子供を1人またがせてのせ、うしろの荷かけに2人の子供をのせて来たのだった。1台の自転車に背中の子と全部で4人、まさ枝さんが1人で5人、嫁入先は7キロも離れていて、デコボコ道を自転車にしがみついた子供たちは窮屈だったり、手が離せないので手が痛くなって「嫌だよ、嫌だよ」と泣き叫びながら乗って来たのだった。自転車は善兵衛さんの入口でまがって、善兵衛さんの庭で止った。止ると同時にまさ枝さんの自転車はころんでしまった。

「わーッ」

のだ。

と子供たちは大きく泣き声をはりあげた。自転車の下になって起き上れない子供もいる

「泣くんじゃねえよ」

とまさ枝さんは言った。それから、親が死んだので来たことに気づいた。「ふーっ」と

ひといきついた。まさ枝さんは子供たちをのせてきたはりつめた勢いがぐーっとぬけた。

こんどは大きい声で、

「泣いても、仕方がなかんべえ」

と怒るように子供たちに言った。嫁に行ってからなるべく使わないようにしていた、べ

えという言葉が思わず出てきたのである。ふだんとうちゃんがべえべえ歌を唄うと、「よ

せばよい」と思って聞いていたのだが、まさ枝さんは「べえ」と言って、とうちゃんはべ

えべえ歌をもう唄わねえと気がついた。

土と根の記憶（『庶民烈伝』その六）

夜行で発《た》つ娘の修学旅行を上野駅へ送って軍平が中仙道のT駅へ着いたのは12時もすぎていた。駅の出口で、やはり生徒を送りに来た親たち5人は一緒になった。遅いのでバスなどある筈がない。タクシーに乗るのだが同じ方面に帰るので生徒の親たちと同じタクシーに乗ることに打ち合せしてあったのだった。タクシー代は7百円ぐらいになるだろう、一緒に乗るのだが上野駅のホームで娘たちから紹介されたばかりである。

「5人だけど乗れるかい？」

と、もう1人が運転手と話している。

「乗れないことはないよ、ちょっと我慢してもらうんだね」

と運転手さんに言われながら5人はタクシーに乗りはじめた。軍平の部落は5人の親たちのうちでいちばん近い部落である。だから初めに降りるのが軍平だった。森の入口で軍平はタクシーを停めてもらって、タクシー代を、

「百50円とってくれ」

と差しだした。

「そうかい、いちばん近いけど同じじゃ損するぞい」

と笑いながら言われて軍平はタクシーから降りた。森から家までは1キロはあるだろう、森の横道は山林と田んぼの境になっていて、ところ、どころは畑にもなっている道である。12時はとっくにすぎているだろう、ひょっとしたら1時もすぎている筈である。9月なかばだが深夜の風は肌に冷たいほどである。ふっと、軍平は足を止めた。

「はてな？」

立ち止って、あたりの様子を窺った。が、さっと身体を地上に伏せた。地に這うような恰好になったのは姿を目立たなくするためでもあったが、方向をたしかめるためでもあった。どこかで土を掘る音がするのだった。この夜ふけに、土を掘るのは畑仕事をしているのではない。それでも、軍平は、それを畑を耕しているのだと睨んだ。その畑の方向も、おおよその見当はついているが、「さては」と軍平は思い当ることがあった。こんな深夜に耕しているのは秘密にやっている仕事である。そうして、その仕事も「さては？」と思ったがどの畑か、土を掘っているのも、軍平が見当をつけた仕事をしているのかをたしかめようと思ったからである。軍平が身体を地に伏せたのは相手に知られないようにたしかめるためだった。夜ふけの土を掘る音を聞いたとき軍平は電撃のように「さては」と思い当ることがあったのである。土を耕す者ならその音を聞けばどの方向から聞えてくるのか大体の見当はつくものである。いや、人の目を忍んでこっそりと土を掘っているが、その音でさえも土を耕す者だからこそ気がつくのである。深夜、こっそりと土を耕さなければならないその農作業にすぐ気がついたのだった。音のするのは道から5マイも6マイも離れた田んぼの中の梨畑である。梨畑は柵作りで、たいがいの梨畑はまわりにヒバの囲いが植えられていて風よけになっているのだった。だから梨畑の中でする作業は外からは見えないのだ。軍平は梨畑の中の様子をたしかめなければならない衝動に駆られた。靴をぬいで手に持った。娘の修学旅行を見送りに行ったので洋服を着ているし、靴もはいている。靴をはいたまま梨畑に近づけば相手にすぐ察しられてしまうだろう。靴をぬいで手に持った。靴下をぬいでポケットの中に入れて跣《はだし》になった。軍平は泥棒でもするように音のする方向へ忍んで行った。見当をつけた梨畑はどこの家の梨畑だかもよく判っていた。同じ部落のうちでもかなり離れてはいるがお互いによく知っている農業の治助やんの梨畑である。梨畑では治助やんがシャベルで梨の木の根元を掘っているのだ。軍平はちょっと身体がふるえた、それは自分の想像したことがそこで行われていたからだった。

翌日の昼すぎ、軍平は治助やんの家の横を通りかかった。

「あれ、今年は柿がよくついてるねえ」

軍平はなにげないように柿にことづけて声をかけた。治助やんが昨夜梨の木を掘り起していたことをもし、軍平に聞かれたらどんな風に説明するか知りたかった。いや、それよりも、軍平に知られたことをどんな風に思うだろうと知りたかったのだった。納屋の中は梨が山に積まれて出荷の箱へつめるために大粒、中粒、小粒の種類に分けているのだ。治助やんの姿は見えない。老父と治助やんのおかみさんの2人で梨の荷造りをしているのだった。大粒、中粒、小粒は3種類にわけた箱づめにそれぞれ、L、M、Sの印を押すことになっているのである。治助やんがいないので軍平はかえって様子を窺うのに都合がよかった。


「ずいぶん、梨の出来がいいじゃねえかい」

と軍平は梨の山を眺めながらなにげなく言った。

「まあ、まあ、だよ」

と治助やんの老父が言っている。梨の出来ぐあいがよくもない、悪くもない、中ぐらいという意味である。この様子では梨の出来のよいとか、悪いとかは全然関係のない返事だし、或る意味では相手にしない返事でもあるのだった。収穫はよくてもよいとは言わない。またよくても「ダメだねえ」と、真実のことは他の人には話したくないのが農家の者たちの考えなのである。それでも特別に不作のときなら、それは大げさに言いたくなるのだった。つまり、悪い出来のときは堂々と他家にも話せるがよいことは言いたくない。それは、自分の都合のためではなく、或る意味ではその相手のために使う方便かもしれないのだ。

なぜなら収穫がよいことは相手に悪い感情を与えることになるのである。それは、陸上選手が大勢の見ている前で1位になってテープを切る。それを見せる気持とは反対なのである。農家の収入は同じ畝歩《せぶ》なら誰でも同じ筈なのである。もし、他家より多収だったらそれはよい感情を与えないだろう。そこには羨みとか、ねたみなどというものとは違う「申しわけないことをした」ような遠慮に近いものがあるのである。

「いいねえ、いい梨だねえ、わたしの家よりいい粒だよ」

と軍平は言った。そう言って、それはお世辞ではなく相手の反応を引きだそうとしたのだった。なぜなら、昨夜の、この家の深夜の作業は梨の収穫に影響しているはずなのである。

「そうかねえ」

とおかみさんが言っている。これも、全然反応がない返事である。

「治助やんは？」

と軍平は聞いた。

「梨をもぎに行ってるけど」

とおかみさんは答えたが、

「何か用かネ？」

と聞かれてしまった。（まずいな）と軍平はあわててしまった。なんとなく、スパイにでもなって来たように思われたらしい。

「なーに」

と軍平は言った。それから、

「そこを、通ったからよ」

と、横をむいて言った。それからテレかくしに、

「よく働くねえ」

と言ってみた。そう言って、昨夜のことを言い出してみようという気になってきた、そのことを言いだすには勇気がいることかもしれないのだ。軍平は入口の道のほうへ歩いて行った。帰るような恰好になったがふりむいて、

「ゆうべは、治助やんは、どこかへ行ったかね?」

と軍平はなにげないように言ってみた。

「あれ、ゆうべは、どこへも行かなかったよ」

とおかみさんは言っている。そんなはずはないのである。(しらばっくれて)と軍平は思ったので黙っていた。

「ゆうべは、早くから寝てしまったから」

とおかみさんはまた言っている。その言いかたは嘘を言っている風にも思えないのである。

「あれ、家の前を通ったような気がしたけど」

と軍平は言ってみた。昨夜の畑へ行くには軍平の家の前などを通らないのである。そう言って、軍平は自分の聞きだそうとしたことから話を遠ざけるつもりだった。梨畑へ行ったとは別な道順のことを言っているのだから相手も昨夜の作業のことを聞いたのではないと気がつくはずである。

「ああ、やっぱり、いいよ、この家の梨は」

と軍平は納屋の梨の山を眺めて言った。また、

「俺の家の梨はだめだよ」

ひとりごとのように言って入口の道へいった。治助やんの家では昨夜のことを隠しているのである。だが（無理もないことだ）と思った。あのことを言うはずはないからである。入口の道を出ると、そこで軍平は向うから治助やんがこっちへ帰って来るのに出逢った。治助やんは軍平よりも10歳も若いのである。背が高く、たくましい身体つきだ。

「あれ」

と治助やんは向うから声をかけた。たぶん軍平が自分の家から出てきたのを見ていただろう。お互いに逢えば親しいつきあいだが、

「なんか、用かい」

と、用事があって来たのだと察しただろう。

「いま、ちょっと、通ったから、梨を見せてもらったよ」

と軍平は言って、

「よく、とれたねえ」

と言った。どうせ聞いても昨夜のことなどは話をしないだろうと思った。それよりも、もし、そんなことを聞きに来たことを知られてしまってはと、軍平のほうが恥ずかしくなってしまったのだった。

「うちの梨はダメだよ、粒が小さくて」

と軍平はてれかくしのように言った。

「あれ、そうかね」

と治助やんは言って、

「そうでもなさそうだよ、こないだ見たけど」

と治助やんは言った。(あれ)と軍平は思った。いつのまにか軍平の梨畑を相手は見て知っているらしいのである。軍平の家の梨も治助の家の梨も同じぐらいの出来である。どちらも、よく出来たほうでもないが、悪い作でもないのである。

「いいや、ダメだよ」

と軍平は言った。

「どこの家でも、よその梨はよく見えるだよ、アハ……」

と治助やんは笑っている。その笑い声の様子では昨夜の深夜の作業のことなど全然気にしていない様子である。

「そうかねえ、アハ……」

と軍平も笑った。帰りながら、ひょっとしたら、あそこのおかみさんは昨夜のことは（知らないかもしれないぞ）と思った。

軍平はもうかなり年をとっていた。それなのに末の娘はまだ高校2年生である。長男は学校の先生になったので農業などはしない。もうすぐ60歳である。農業はらくではないが、梨と米だけは、もう少しつづけようと働いて来たのである。その、もう少しが、身体のつづくかぎりはと続けているのだった。男は長男が1人で、あとは女ばかり5人、末の高校生の女が1人だけであとはみんな嫁にやった。梨と米だけだからまだ農業をつづけていることが出来るが、梨だけがすべての収入源なのである。あとは、野菜づくりが少し、それも、妻と2人だけでぼつぼつやっている。それでも、息子の仕送りはあって、部落では裕福の農家に入っているのだ。軍平の梨づくりは部落でも優秀な成績をあげていた。軍平は熱心だったし、どちらかと言えば梨づくりは先覚者のほうだから指導者側の立場にあるのだった。軍平の梨づくりは昭和のはじめ頃からで、その頃からどの部落でも梨づくりをやりはじめたのだった。軍平は部落でも一番早くからはじめたのである。

秋でも夏の陽のように暑い日があった。梨の出荷も終って、あとは1カ月も遅く出る梨の出荷までいくらか暇のある時期だった。米の収穫も終って、今まではいそがしかったが、このころからどの部落にもぼつぼつと秋祭りも始まるのである。

隣の部落のタモやんの息子が祭りのボタ餅を持ってきてくれて軍平はその時盆栽の松の手入れをしながらなにげなくタモやんの息子が言うことを聞いたのだった。

「ああ、今年は、ぶどうを食ったもんなァ」

と言っている。

「そんなにぶどうを食ったのかい。どこかでもらったのかい？」

と妻が、なにげなく言っている。

「ああ、毎日、毎日、食ったなア」

とタモやんの息子は言っている。

「何でまた、そんなに、食えたんだい？」

と妻はまだ、なんとなく話しているのだ。

「うちにあるよ、ぶどうの木が、ことしは、うんと生《な》ったからなァ」

とタモやんの息子は言ったのだった。それまで軍平も、なにげなくぶどうの話を聞いていたのだが、その時、（あれッー）と思った。タモやんの家にぶどうの木があることなど初めて知ったのだった。タモやんとは年はちがって軍平のほうが年上だが、同じ頃、戦争で召集されて、満州の同じ部隊に入隊したのだった。同じ部隊だが戦友ではないが、終戦になってから同じ頃兵隊から帰ってきたので、帰ってきてからも戦友のように戦地の話をしたのである。それからずーっと、年はちがうが幼い頃からの友人——というより、親類のような交際《つきあい》になっていたのである。そのタモやんが、ぶどうの木を作っていることなど1度も軍平に話したことはなかったのである。

「ぶどうの木があったかなア」

と軍平はふり返って聞いた。タモやんの息子は中学1年生だが、セイが低いので縁側に腰をかけている足が土にとどかないので両足をぶらぶらさせている。

「あるよ、ああ、梨畑の中に」

と言うのだ。（そうか）と軍平は思った。梨畑の中にぶどうの木があったのか、と、その時は、そのことも、なにげなく聞いていた。タモやんの息子は長いこと遊んで帰った。

軍平がぶどうの木のことで「あッ」と気がついたのは、息子の帰ったあとだった。（もしかしたら、内緒で植えたのではないか）と気がついたからだった。もし、梨畑の中へぶどうを植えたならやはり、ひとしれず深夜、梨畑を掘ったにちがいないのである。そうして、そのあとへ、ブドウの木を植えたのだろう。掘ったあとをそのままにしておかないで、梨も棚に這わせるのだからそのかわりに、

（ぶどうの木を這わせたのにちがいない）

と気がついた。（そうか）と軍平は思った。親戚のように親しく交際しているタモやん

も、あのことを知らせなかったのだと気がついたのだ。

それは、あのことは、もう、5年も、6年も前のことなのだ。軍平は夜、おそく、家の者の寝静まるのを待っていたのだ。となりに妻が寝ているが、もし、そこにいないのを気がついたら、便所にでも行ったと思っているだろう。それよりも妻がよく寝入っていることが判ればいいのである。妻は眠ると、朝までは気がつかないほどよく眠る性質なのだから、と軍平はそっと起き上った。外へ出た。シャベルも出口に用意しておいたのである。シャベルを握って軍平はそっと歩いて梨畑へ行った。月が出ていて、梨畑の中はよく判った。まわりは風よけのヒバが植えてあるので梨畑の中ですることは誰にも知られないのである。軍平はそっと、その木に近づいた。そうして、その木の根元にぐーっとシャベルをさし込んだ、土をすくって横へおいた。それからまた土をすくって横へ置いた。根元を掘っては横へ土を積んだ。梨の木の深部の根が出てきた。軍平の眼からは涙が出ていた。毎年、毎年、よく実をつけるこの木をこいでしまうのである。誰にも言えないのだ。知られたくないのだ。もし知られれば軍平の梨畑の梨は市場へ出荷することが出来なくなるだろう。軍平は泣いているのではないのである。長いこと、よく実って、稼いでくれたこの梨の木をこぐことが申しわけないので涙が出るのである。いや、20年も、前に植えたこの木を、誰にも知られないように処理してしまわなければならないのである。いや、軍平が泣いているのは、そんなわけでもないかもしれない。恐ろしいことがこの木に起っているのである。原因も判らないことがこの木に起っているのである。誰にも言えないのだ。どうしたらよいのか判らないのだ、ただ、知られないままにこの木をこいで隠してしまわなければならないのだ。この恐ろしいこと、誰かに知られたらどうなるだろう、軍平は自分の妻にも知られないうちにこの木を隠してしまわなければならないのである。軍平はそんな怖ろしさで泣いているのでもないのだ。妻に知らせようか、それとも、知らせないで、と迷っているのである。困っているのだった。いや、ほんとは、木をこぐことがせつなくて泣いているのだった。この木は、春、花が咲いた。白い、甘く匂う梨の花がこの木にはこの春、特別、花の数も多く咲いた。実もよく生ったし、生りすぎると粒が小さくなるので適当の数に減らすのが梨の手入れなのである。どの梨も、ほとんどの梨が実を減らさなければ生りすぎて小粒になるのである。この木は、その年の秋、ほかの木よりも実が特別に大きかった。収穫の時期になったとき、この木の実はほかの木の実より群をぬいて大きくなったのである。収穫のとき、軍平はこの木の実をもぎとろうとした。手をふれて（はてナ）と思った。手ざわりが変に堅いのに気がついた。（まだ、早いのかもしれねえ）と、その時はそう思った。だが、この木の実はいつになっても堅いのである。堅いというより重いのだ。その時、軍平は1個の実をもぎとった。（ハテナ）と思った。手に持つと石を持っているように重いのである。(はて?) と思って口に実をあてて、歯でかじってみた。(はて?) と軍平は身体がふるえた。梨の実のようではなく石のように堅く歯が立たないのだ。すりむけるようにかじれた実には水分が少しもないのである。次の実をもぎった、やっぱり石のように重いのである。その実を持っている軍平の手は電気にしびれたように重いのである。(化け梨だ) と軍平は後ずさりをした。じーっと、その木を眺めた。どの実も、ほかの実よりも大きいのである。(化け梨だ) と軍平は身体じゅうがふるえた。夜なかに、そっと、その木をこいだ。誰も知らないと思ったが、次の日、妻が言った。

「あそこの木はこいでよかったよオ」

そう言ったが軍平は黙っていた、妻はまた言った。

「あの木に生った実は、気味が悪かったよ、石をつかんだようだったよ、持てば手がしびれたからなア」

軍平は黙ってきいていた。妻は軍平より早く気がついていたのだった。それはもう5年も、6年も前のことだった。

次の年はその隣の木が石に化けた。梨の木の病気ではないかと思った。次の年は隣の木ではなく、ずーっと離れたところの木が1本化けた。それから、毎年、1本か2本、化け梨になったのである。軍平はこっそりこいで木を焼いたのだった。

それは、もう3年も前のことだった。毎年来る県の園芸試験場の技師の講習が小学校にあるのだが、その年は「梨の手入れについて」の講習だと回覧が回ってきたのだった。梨づくりの家ではどの家でも出かけたのでその時の学校の教室は大勢集まってうしろで立って講習を受ける人もあったほどだった。その時の講習で技師は思いがけないことを言いだしたのだった。

「二十世紀ナシや長十郎ナシでユズ肌果《はだか》が出て困っている方はありませんか？」

軍平の席は教室の前のほうの席だった。（ユズ肌果ってなんだろう？）と思った。

「どなたか、ユズ肌果で心当りはありませんか？」

と技師はまた質問をした。が、誰も黙っている。ユズ肌果という言葉を聞くのは誰もはじめてなのだ。技師はまた聞いた。

「ユズ肌果と言ってもわからないかも知れませんが、ユズ肌果は石ナシとも言います、石のように堅い実になって、水分もないし、よく見れば実の皮がユズのような肌になります。どなたか思い当る方はありませんか？」

と説明を聞いたとき軍平の眼は思わず隣の席の人のほうを見た。隣の席の人は下を向いているが眼がギロッと光って、こっちを見た。が、また、ギロッと光って、反対側の人の方へ眼をやった。軍平はなにげなくうしろをふりむいた。みんな下を向いているだけである。

「どなたか、ユズ肌果に経験はありませんか？」

と技師はまだ同じことを質問している。

「…………」

誰も教室では返事をしない。返事をしないというより、なんとなく静かになってしまったのだった。技師はまた言った。

「そうですか、それでは、まだ、この付近には、そう言う被害は出ていませんですね」

技師はユズ肌果について講習は必要ないと思ったらしい、その話は止《や》めてしまう様子である。

うしろのほうで誰かが、

「もし、そういう被害が出ると、どうすればいいですか」

と質問の声がした。軍平も、同じ質問をしたいと思っていたのだった。誰が聞いたのだろう？　とうしろをふりむいたが誰も下を向いている。誰が質問したのか判らないのだ。おそらく、その人も石ナシで軍平と同じ経験を持っているのだろう。技師は説明をはじめた。

「ユズ肌果は樹の体内の水分がアンバランスのために起ると言われています。対策としては7月上旬から8月中旬の晴天の日に蒸散調整剤農薬M25号をまくことです。高温乾燥時に蒸散作用が急激に行われ、その反対に根からの水分の補給がうまく行われないためです。農薬M25号の倍率は30倍、撒布量は1本の木に2リットルぐらいで充分です」

その説明があると、どうしたことか、みんなの頭がうごきだした。お互いに顔を見合せているようである。軍平は、ひょっとしたら、ここへ集まった者たちは、みんな石ナシの経験を持っているのかもしれないと気がついた。

技師の説明はまだつづいた。

「この方法は一時的の対策にすぎません、根本的には根の台木の改良や、土壌の改良、化学肥料ばかり使わないことです」

うしろのほうでまた質問の声がした。

「ユズ肌果ナシは木の病気ですか、害虫ですか？」

技師はすぐ答えてくれた。

「はっきりした原因は実のところ判っていません。梨ばかりではありません、みかん、とくに夏みかんなどもこの被害が出て来ました。どなたか経験はありませんか、夏みかんを買ったところが堅くばかりあって、水分が全然ない夏みかん、とても食べられない堅いだけの夏みかんを果物屋で買わされたことを」

そう言って技師はちょっと笑った。またつづけて、

「果物屋さんは知りませんよ、知らないで売ってしまいます」

それからこんどは、笑いながら、

「出荷者は知っていますよ、特にナシなどは食べられないのを、大きくならないさきにも

ぎって、他の梨にまぜて出荷します。それでもナシは特別重いから果物屋さんのほうでもすぐ見分けられますが、夏みかんも特別に重くなりますが、夏みかんは良いものでも重いですからねえ」

そう言って、また笑うように、

「この辺でも、まぜて、出荷している人はないですか、1箱に1個ぐらい」

技師は笑って言っているが、みんな黙っている。そうして、誰もが下を向いているのである。

「そうか」

と軍平は小さい声で思わず言った。ひょっとしたら、あの化け梨をまぜて出荷している人もあるのだと気がついたのである。

その講習会があったのは、軍平が涙を流しながら、夜おそく、こっそり梨の木をこいだ年の次の年だった。技師の説明したとおり農薬M25号を撒布した。化学肥料は油かすを、丹念に使って土壌の改良をした。

だが、化け梨の木は毎年多くなるのである。

「技師だって、よく判っていねえだぞ、実際に経験して効果があるかねえか、そこまではやらねえだぞい」

「そうだぞい、クスリをまけばいいって、ただ農薬の宣伝みてえだぞい」

と、誰ともなく言うようになった。

秋になった。おくれて出る梨の列が納屋に3とおり長く並んでいる。L、M、Sの3とおりに分けて並べ終った軍平は、Lの箱からつめはじめた。

「そっちの籠を」

と妻が向う側で言っている。妻はSの箱からつめはじめているのだ。軍平は隅に6籠おいてある梨の籠の中から小粒の籠を妻のほうへ運んでやった。並べてない隅の6ツの籠の梨は化け梨ばかりの籠である。1箱に化け梨1個をまぜて出荷するのだが、今日は化け梨が多いので、

「2ツずつ、入れていいぞい」

と軍平は妻に言った。

むこうから軍平の家の入口を、こっちへ来るのは治助やんである。(何か、用事でもあるか？）と思った。そこの道を毎日通るが軍平の家へ入って来ることなどはめったにないのである。だが、こないだ、軍平は治助やんの家へ行ったから、それで寄ったのかも知れないのだ。

「あれ、いい梨じゃァねえかいなア」

と治助やんは言いながら納屋の梨の列を眺めながらこっちへ来た。

「な−に、ダメだよ」

と軍平は言った。

「そこを、ちょっと、通ったからなア」

そう言う治助やんは、こないだ軍平が言ったと同じことを言っているのだ、娘の修学旅行を送りに行った夜のあの梨の木をこぐのを見て、軍平が様子を見に行った仇討《かたきう》ちでもするように治助やんはここへ来たのである。

「あそこの、道の端の、梨畑はなア、いつのまにか全部切ってしまったじゃねえか」

と治助やんは言った。軍平の家のすぐそばの正やんはいつのまにか梨の木を全部こいでしまったのである。軍平も、気がついたのはこないだである。

「ああ、ああ、正やんの梨畑はネギを植えるだそうよ」

と軍平は言った。正やんは梨畑を野菜畑に変えるのだそうである。

「あれ、野菜畑に」

と治助やんは言って、それから、

「よく、思い切って、みんな切ったなア」

と言った。それからひとりごとのように、

「俺のうちじゃいいわい、化け梨なんか1本もねえから」

と言っている。ついこないだの夜、娘の修学旅行の夜おそく治助やんは化け梨をこいでいたのに、いま、ここでは1本もないと言っているのである。

「俺のうちでもいいや、化け梨なんぞ1本もねえから」

と軍平は言った。そこの納屋の隅にはまだ化け梨が5籠もむしってきてあるのだが、軍平はそう言って、

「化け梨なんかになっても農薬M25号をまけばすぐ効くからなア」

と言った。農薬M25号などまいても効果はない筈で、それは治助やんもよく知っている筈である。

「ああ、農薬M25号をまけばすぐよくなるになア」

と治助やんも言って、

「どうして、正やんは、みんな切ってしまったぞいな」

と、また言った。それから、

「梨より、野菜のほうが、値がいいかもしれんな」

とひとりごとのように言った。

「ああ、野菜のほうがいいぞい、とても」

と軍平は言った。軍平の家でも来年までには梨畑を野菜畑に変えようと思っているのである。それは、化け梨は土壌の改良をしても、農薬M25号でも効果はないからと、あきら

めたからである。だが、そこにいる治助やんには、

「俺のうちじゃア、野菜畑になどしねえつもりだぞい、野菜も、たねをまいたり、草とりをしたり、手がかかるからなア」

と言った。そう言って、治助やんの顔を眺めた。治助やんは下を向いて黙っている。なんとも言わないで下を向いているが両眼を光らせて右や左の地面に眼をくばっているのは、治助やんも来年までには梨畑をこいで野菜畑にするつもりなのだと治助やんのうつむいている顔を軍平は眺めおろしていた。

『庶民烈伝』あとがき

変な人のところには
変な人がたずねて来る記

この7年ばかりのあいだに書いた私の短篇が1冊の単行本になることにきまった。『庶民烈伝』という題でまとまった。どれもが庶民のすさまじいばかりな生き方を書いたつもりである。というより、私の書くもののなかの人物は美男美女とか、金持とか、立身出世した人物などは出て来ない。たいがいが貧乏人のきたないほどな生き方になってしまうらしい。というより、私のまわりの人物たち、私が交際する人たちはステキなダイヤの指輪などをしたり、真珠の首かざりをしたり、軽井沢に別荘などを持っている人たちではないということ、それは、そういう人たちとは交際することが私は苦しいのではないだろうか。つまり、私自身が庶民だからだと思う。私が東京のアパートから埼玉の田んぼのなかに移ってきて農業をやりはじめたのも、私が庶民だからということになりそうである。

埼玉に移ってきて4カ年たった。見たり真似たりしながらはじめた農業は、さぞかし、本職のお百姓さんたちから見れば変な百姓に見えたことだろう、百姓は学校のように1年に1回ずつは進級しないそうである。2年やれば2年生、3年やれば3年生ではない。

「百姓はいつでも1年生だんべえ」と付近のお百姓さんはよく言うが、まったくそのとおりだと思う。生れながらの農業の人でもそのときどきで作物の出来不出来があっても当り前のことなのである。「今年は、だめだったナ、ネギを失敗してしまった」とかよく聞く言葉である。ネギや大根、菜っパのようなものにまで失敗があるのは、農業はむずかしい仕事ではないが、家庭工業の細工仕事のように自由自在に品物を作るようなわけにはいかないからである。

さて、そんな、案外むずかしい農業にとりくんで4ヵ年たつうちにはいろいろなことがあった。なかでも私のような農業志望者が訪問してくることがあって、百姓仕事のような孤独な仕事には迷惑なことだが、また、なんとなく、ユーモラスな人たちでもあったのである。

いつだったか、九州の○県からわざわざたずねて来た若い人があった。突然来て、「ここで使ってくれ」と言われたのには驚いた。こちらは人を使うほど大きな農家ではないからこれは困ったことである。

「突然、そんなことを言ってきても困るなア、前もって、手紙かなんかで問い合せて、こっちで来てもいいと言ってから来るものなんだよ」

そう言うと、

「いや、来てみただけです、聞きに来ただけです」

と言う、手紙なら15円切手で用がすむものを、と思ったので、

「わざわざ聞きに来たのかい？」

とあきれてしまった。そうすると、

「手紙なんぞ書くのはメンドウだから」

と言うので、（これは、変ったヒトだ）と思った。せっかく九州から来たので玄関で追い返すのも気の毒のような気がしたので、話だけを聞いてみることにした。農業志望だがサラリーマンの家庭で農業はまだ1度もやったことがないと言う。それにギターを弾いて、フォークソングは自分で歌いながら弾くと言うし、エレキも弾くという、とくに好きなのはクラシックのソロのギターだと言う。ギターを弾くと言うので私も気をよくして、

「せっかく来たので、2時間か、3時間草取りでもやってみるかい？」

と私は言った。たいがいの農業志望青年は2時間ぐらい草とりをやれば「農業って、くたびれることとですねえ」とかなんとか言いだして農業が嫌いになるものである。いままでかなりいろいろなヒトが来たが、たいがいよく続いても2日か、3日、ひどい志望者になると30分ぐらいで鎌をほうり投げてしまうヒトもあったのだった。

その九州の青年は、事務もキライ、工員もキライ、自動車の職工も運転手もキライだと言う。「農業は、いいんじゃないかと思う」と言う様子は、あまり自信もなさそうである。とにかく、3時間ぐらい草取りをやっただろうか、夕方にはまだ間があるが、汽車の疲れ

もあるだろうと、草取りの手間賃だとも思って夕食を食べることにきめた。

「農業はアキないよ」

と言いながらめしを食ったが、あしたの朝、九州へ帰って貰うことにきめた。泊るのは、

「犬と一緒でもいいよ、今夜だけとめてくれれば」

と言うので、カンタンである。

さて、夕めしが終って、家のミスター・ヤギがギターを弾きはじめた。ちょっと、弾いていると、九州の青年、物も言わずにミスターの弾いているギターを取り上げるように手を出してギターの柄を摑んだ。

「あれッ」

とミスター・ヤギは驚いて弾くのをやめてその手を振り払った。横で私は見ていて驚いた。たぶん、ギターを弾かせてくれと手を出したのだろう、「かしてくれ」などと声をかけることなど知らないのだろう、弾いているのを聞いているうちに弾きたくなったのだろう、黙って手だけ出して自分が弾こうとしたのだろう。

「アハハハ」

と私は笑って、

「キミ、なんとか言ってギターをかしてもらえよ、黙って手を出しちゃだめだよ」

と言った。ミスター・ヤギは口をとがらせるようにして文句でも言いたそうなのである。

「モノを知らないんだよ、このヒトは、九州でも、田舎のヒトだろ」

と私はまた言った。

「モノを知らないって、なんだろう?」

と農業志望の青年は私の言う意味がわからないらしい。

「モノだよ、礼儀を知らないという意味だよ」

と説明しても、

「聞いたことないなア、そんなコトバ」

と農業志望の青年は首をひねっている、それにしても(庶民だなア)と私はつくづく思った。ヒトの弾いてるギターを黙って、ひったくって自分が弾こうとする、さっき、4、5時間まえに紹介者もなく訪れたヒトである。黙ってその手を払いのけたミスター・ヤギもすさまじいばかりの庶民なのである。どっちもすさまじい光景だと私は思った。

いつだったか、もっと、すさまじい訪問者があった。その時は、日曜日で、たしか、風の吹く寒い日だったと思う。家の中ではギターの弾きたい若者たちが3人だか、ギターを弾いていた。裏のガラス戸はアルミサッシで、外からも家の中はそっくり見えるのである。突然、その時、裏のガラス戸を開けて部屋に入って来た男があった。背が高く、まだ、20歳ぐらいだろう。黙って、入ってきて、立っているのである。風が家の中に吹き込んできて、その男は部屋に入って、すぐガラス戸をしめた。きっと、ここで弾いている青年たちの、だれかの友達だろうと思った。

「おい、だれか来たよ」

とギターの青年たちに聞くと、3人とも首をかしげて、ギターを弾くのをやめた。変だと思ったので、

「キミ、何しに来たの、ダレか知ってるの？」

ときいた。

「…………」

相手は黙っている。首をかしげている様子でもある。ギターをひく青年たちのギターを眺めている様子である。

「なんだい、キミは、知らないヒトかい？」

と私はちょっと口調が荒くなった。

「…………」

まだ相手は黙っている。私はこの相手にキモチが悪くなってきた。その相手は、ギターを弾いていて、私のところへ遊びに来たのだそうである。それにしても、黙って他人の家の中に入って立っている。玄関ではなく私の家の応接間なのである。（庶民だなア）、（すさまじいなア）とこの時もつくづく私は思った。

もっともすさまじいと思ったのは、町のタクシーが来て、風呂敷包みを持って来たので

ある。タクシー代を払って、荷物をとどけて、依頼人は来ないのである。

「中に、手紙が入っているから、よく判っているそうです」

とタクシーの運転手さんは言う。変に思ったので運転手さんに待っていてもらって中を開けてみた。中にはベークライトの重箱におはぎが入っている。封筒が入っていて、「食べてくれるよう」に書いてある。丁寧な文章だが差出人の住所も名前もない。よく読み返すと、「彼岸なので仏壇に供《ささ》げてくれ」と書いてある。

「どんな人ですか？」

ときくと、

「オンナのヒトです、40歳ぐらいかナ、50歳ぐらいかナ」

と運転手さんは言っている。全然知らないヒトで、住所も名前もない。それに食べ物である。「毒殺かもしれない？」と私は思った。とにかく、捨ててしまえばいいので運転手さんには帰って貰った。それは、春だか、秋だかの彼岸であった。次に、盆にも同じことが起った。盆だから暑い夏である。やはりおはぎの重箱である。「ハハア、前に毒殺しようとしたが、その手にのらなかったので、また来たナ」と私は直感した。

「こんど、こんなものをとどけてくれるなんて、そんな用事は受付けないでくれ」

と、私はタクシー運転手さんに怒鳴って重箱の風呂敷包みを押し返した。

次に、また彼岸に同じ現象が起った。小学生の5年生ぐらいの男の子が2人で自転車に乗って、やはり、おはぎの重箱を届けて来たのである。

「それッ」

と私はその2人の子供を軽トラックに乗せて、ミスターたちがその女を捕えに行った。2人の小学生は町の角にいたら荷物を頼まれたそうである。きっと、タクシー会社で断わられたので町かどにいた小学生に頼んだのだろう。バスの停留所に行くと、まだ、そのオンナはバスを待っていたそうである。早速、町の交番にそのオンナをひっぱって行った。

「おはぎに毒が入っているか、いないか、よく調べて下さい」

とお巡りさんに頼むと、その女は妙なことを言ったそうである。

「盆とか、彼岸には、近所の子供たちにおはぎをやっています、そういうことをしてはいけないということは全然知りませんでした」

あとで私はそれを聞いて呆っ気にとられてしまった。近所の子供ならどこの誰だか知っているだろう、東京の、杉並の、○という女《ひと》だそうである。それにしても、私は近所の子供と同じ扱いをされたものである。いや、相手もしらずに恵んでもらう妙な扱いをされたものである。やはり、食うものさえやれば食べるだろうというすさまじい庶民の生活、いやこれは乞食扱いではないだろうかとも思った。

「庶民のすさまじさは乞食と同じである」

という妙な格言みたいなことをそれから私は口ずさむようになった。こんどの『庶民烈伝』は、そんな、私の周囲の人たち、気がついた人たちから得たテーマで書いた短篇集である。

一九六九年十月十八日

深沢七郎

発表誌一覧

『庶民列伝』序章　「新潮」一九六二年六月号
おくま嘘歌（『庶民列伝』その一）　「新潮」一九六二年九月号
お燈明の姉妹（『庶民列伝』その二）　「新潮」一九六三年九月号
安芸のやぐも唄（『庶民列伝』その三）　「新潮」一九六四年一月号
サロメの十字架（『庶民列伝』その四）　「新潮」一九六七年三月号
べえべえぶし（『庶民列伝』その五）　「文芸」一九六九年九月号
土と根の記憶（『庶民列伝』その六）　「海」一九六九年十月号

解　説

蜂飼耳

深沢七郎といえば、まずは『楢山節考』を思い浮かべる人が多いだろう。この小説もすばらしいけれど、私は『庶民烈伝』も好きだ。六編から成る『庶民烈伝』もまた、深沢七郎にしか描けない世界をひろげるものであり、読めば忘れられない味を、ぴりりと残す。

単行本『庶民烈伝』は、一九七〇年一月に新潮社から刊行された。ここに収められた作品が執筆されたのは、一九六二年から一九六九年にかけてのことだ。「序章」「おくま嘘歌」「お燈明の姉妹」「安芸のやぐも唄」「サロメの十字架」は「新潮」に、「べえべえぶし」は「文芸」に発表された作品。「土と根の記憶」は「海」を初出誌とする。「あとがき」として収められている「変な人のところには変な人がたずねて来る記」は、「小説新潮」に掲載された文章だ。

作者はギターを弾く人でもあったが、その小説は、はじまったら終わりまで弾いてしまわなければならない曲、聴く方にとっても、とにかく終わりまで聴いてしまいたくなる曲であるかのようにずんずんと進んでいく。どうなるのか知りたい、という気もちが誘い出されると同時に、一つ一つの音も、聴いていたくなる。哀しい音、うれしく愉しい音、無残で滑稽な生と死の音。喜怒哀楽が鳴るのだが、奏でる指の動きは、見ようとしても見えない。演奏が終われば、作者はもうどこにもいない。胸のうちに残った物語を、受け取ってしまった者は、それを抱えたまま、どこへ下ろすこともできず、その場から歩き出さなければならない。人間を描いているというより、人間が生きては死んでいく様を、たえず生起するという意味においてなにも特別なことはないような風景として描いている。と、記したところで、結局はどんな説明もその小説に追いつきはしない。

「私の近況」という単行本未収録の文章がある。(初出は「新刊ニュース」一九七〇年二月一日号、筑摩書房『深沢七郎集』第十巻所収)。この中で、東京から埼玉へ移住して農業をはじめてから四年たったこと、そのうちの一年は病気だったこと、それまで農家を庶民と考えていたのに近代化によって大きく変化してきていることや、さらに近刊『庶民烈伝』についても、触れられている。その部分を引く。

〈だが、庶民がすばやく近代化したという姿だろうか、その生活の中には各人各様のいろいろなすさまじい人生の道がはじまっているようである。そんな庶民のコッケイ、スサマジサを私は愛するのである。なぜなら、庶民のスサマジサはコッケイと裏合せになっているからである。こんど新潮社から出る「庶民烈伝」のレツは「列」ではなく「烈」である。こんど出るのはその第一巻というのだろう。生きているかぎり私は庶民を書くつもりである〉。

そうだ、「列」ではなく「烈」の字が使われている。黙っていれば、うっかり見過ごす人もいるかもしれないこの一字。烈火の烈、猛烈の烈。単なる列伝ではなくて、日々を暮らしていくことの烈しさがこめられているタイトルというわけだ。スサマジサ、とカタカナ書きにされているこの言葉が表すものこそ『庶民烈伝』の世界だ。

生きていることはスサマジイことであり、ともに泣き笑い、傷つけ合うこと、そこにいたはずの人間がいなくなり、別の人間が現れてくるという、一連の眺めだ。こう書いてみれば、生きているとはまさにそういうことにほかならないと、当たり前にも見えるその内実を、作者は自分の場所から、自分の方法で、描きつづけた。そして、それは他のだれにも似ていない世界を、確かに浮かび上がらせる。描く対象は、生きていればあらゆるところで見聞きするはずの生のすがただけれど、描く視点や方法は、独自のものだ。そういう作品を読むことができるとは、なんという歓びだろう。

ところで、本書が指す庶民とはどういう人間のことだろうか。先に触れた「私の近況」には、農業は庶民の営みだという考えをもっていたことが書かれている。本書の「序章」には、次の一文がある。〈庶民の考えだすことは科学的でもなければ軍略家でもなく、自分の出来ることだけの考えと道具でしか間に合せないのである〉。さまざまなめぐり合わせで与えられた境涯と日々の暮らしを、つづけていくことそのものを、つまりはその継続を、庶民というのではないだろうか。

作者のエッセイには、母に言及したものがいくつかある。「柞葉の母《ははそば》」「思い出多き女おッ母さん」など。こうした文章を繰り返し読んでいると、小説に出てくる女性に、この母が映っているように感じる場合がある。それはまさに庶民の母のすがただと思う。

本書の「おくま嘘歌」の主人公おくまも、その一人。私はこの作品が好きだ。これは母を描いた小説だ。この小説によって母というものを知ったといっても過言ではない。おくまの家では、鶏を三十羽飼っている。おくまは飼い方が上手で、鶏たちは毎日よくたまごを産む。このことを嫁は誇りに思っている。おくまは、鶏を眺めているのが好きで、そうしているあいだに考えるのは娘のサチ代のことだという。サチ代は嫁に行き、他の町で暮らしているのだが、顔を見にいきたくなる。見たいのは、孫の顔ではなく、娘の顔。バスを乗り継いで、娘の家を訪ねる。孫をおぶったら、重くてかなわない。けれど、おくまは、サチ代に心苦しさを感じさせないようにと、そんな素振りは少しも見せない。おくまは〈数えどしの72の秋死んだが〉とあるけれど、これも作者の母と重なり、この作品に秘められた思いが伝わってくる。

「お燈明の姉妹」は、おセンさん、おコトさん、おフデさん、おとめさんの四姉妹と弟トーキチローをめぐる小説だ。書き出しの一文は〈おセンさんの家は田んぼの中の一軒家で、まわりの村のどれにも属してはいないのだそうである〉。これだけで、なにか特別なことが起こる気配が立ち上がってくる。この家には、大きな提燈がある。直径一メートル、天地は二メートルもある提燈で、黒い太い字で「八大竜王」と書かれている。年に一度だけ、お燈明と呼ばれるこの提燈を拝みに来る人がいる。それは母親の代から、つづいていたことだった。

母親の病の遺伝で、からだに醜いところができた長女のおセンさんだけれど、縫い物が得意。手に職をつけた女性として、自分の生活を守っていく。〈無口の変り者だがおセンさんの針仕事の注文は絶えなかった。古い着物から古ぶとんまで、洗い張りや縫い直しまで、どんなボロでもツギをあてたり、汚れたものでもいやな顔もしないから重宝がられたのだった。縫い賃も安かったが1人だけのつつましい暮しだからそれで楽に暮すことが出来たのである〉。

妹や弟のために、理不尽な目にあうこともあるけれど、不平不満は極力のみこんで「不幸」という言葉を与えられる生涯を送る。スサマジサが重なり、絡み合い、複雑な模様を織り出す。最後、お燈明の家は、どうなるのか。〈いまは、隣がガソリンスタンドになって、そこのドラム缶の置場になっているそうである〉。こんな風景にもまたスサマジサがあるのだ。淡々とした言葉で切り取られる、なんでもないような眺めが、明るいと同時に暗いこの世を、描き出す。

「安芸のやぐも唄」は、盲目のおタミを描く。安芸という言葉や夏の「あの日」という言葉が、広島と原爆を語る。作中には、広島や原爆という言葉は出て来ない。その日、おタミの息子も娘も孫も死んでしまった。〈65歳のあんまのおタミ〉は、客の肩や足をもんで稼ぎ、生活を立てている。原爆の雲は、ここでは「七色の雲」とされている。作者の思いと思考は極限へ迫る。次の行だ。〈手は客の肩をもんでいた。耳は街の行進の騒ぎを聞いていた。瞼には巨大な七色の雲が映っていた。雲の中には1人で生きることを教えてくれた不動明王のような神が住んでいるのだと気がついた〉。戦争のせいで肉親を失ったのに、それは一人で生きることを教えられたことだ、という。絶望と同じだけ、抑制が働く。生と向き合うという意味では、これは驚くべき世界ではないだろうか。

「サロメの十字架」は、本書の中では趣を異にする作品。舞台は「つながり横町」にあるバー「人力車」で、ママさんとホステスたちがさまざまな駆け引きを見せる。ホステスたちのうちの一人が、いつのまにかママさんの座を奪う。新たにママさんとなった人も、ほどなく他のホステスにその座を追われる。そんな人間模様の中に、喜怒哀楽がきらり、きらりと点滅する。

以前はママさんだった人が、店へお金を借りに来てこういう。〈飛行機から降りたら、気がついたときは靴が片一方ないのよ、財布も気がついたらないのよ〉と。〈履いている靴を一方だけすられることはないのである。ママさんが笑っているのは嘘がバレたので笑っているのだ〉。作者の言葉でいえば〈庶民のコッケイ、スサマジサ〉だ。本書の登場人物たち、たとえば、おくまやおセンさんやおタミに対するのとはまた違う、いっそう突き放したような視線が、この小説にはあるようだ。とはいえ、スサマジサが増せば増すほど、作者は喜んでいるのだ。文章に奇妙な明るさがあるのは、そのためだろう。

「べえべえぶし」の主人公は、農業のかたわら「べえべえぶし」を唄うことだけが楽しみな善兵衛さん。舞台は、作者が移り住んで農業をしていた場所でもある埼玉県菖蒲町。歌の歌詞は、そのときどきで変わる。それは、〈農業は天候のちがいや作物の出来ぐあいで変化する〉こととも係わりがあるらしい。

初夏から晩秋までは、茄子と胡瓜ができる。夕暮れまで働くので、暗くなるとおかずの買出しには行かれず、自分の畑で収穫できるこれらの野菜を食すことになる。〈毎日、毎日大量の茄子や胡瓜を食べるのだが、これも食べるというより相撲をとったように四つに組んでしまうのと同じである〉。田んぼの稲に飛行機から消毒薬を撒布する場面など、先に引いた「私の近況」という文章で作者が述べた農業の近代化の波を表すものでもある。善兵衛さんは消毒薬を吸いこんでしまう。そしてまもなく死んでしまう。抗えない変化に対する批評を含んだ小説といえる。作者は「べえべえぶし」のユーモラスにも見える歌詞の背後に、〈どうしてもやり通さなければならないのだから悲観的には考えない〉という捉え方をこめる。読んだ後、なんとなく、しいんとした気もちになる作品だ。

「土と根の記憶」は、梨畑の木に食べられないほど硬い石梨ができてしまうことをめぐって、人々がどんなふうに対処するかを描く小説。石梨ができるのは、梨の木の病気。ある日の深夜、軍平は、治助やんが梨畑で梨の木の根元を掘っているのを目撃する。なにをしているのか、どうしてそれをするのか、軍平にはわかっている。これは人には知られたくないことなのだ。軍平の梨畑でも石梨ができる。〈毎年、1本か2本、化け梨になったのである。軍平はこっそりこいで木を焼いたのだった〉。

石梨の木は、梨を作っている他の農家でもできているようだけれど、だれもが人にはいわず、こいでしまう（抜いてしまう）。あるいは、収穫した石梨を、処分せずに通常の梨にまぜて出荷してしまう。梨畑をやめて野菜畑にするという案も、人々のあいだをふらりと行きかう。今年はどうなのか、来年はどうか、一年ごとに、先の見えない農業だ。人々のあいだに漂う空気を、作者はたぐり寄せてはっきりと見つめる。

一九六八年七月に毎日新聞社から刊行された『百姓志願』に「梨」という文章が収められている。「土と根の記憶」の背景となる事情は、この文章に書かれている。〈ある人から聞いた話では、はじめは、石梨ができたときは、みんな内緒にしていたという。へんな梨がなってきたなあ、と不安で、それは秘密にしておいて、おかみさんや子供にも内緒にしていわないで、夜中に人知れずにこっそりぬいてきてしまったと聞いたときは、何かおそろしいような、気の毒な感じがした〉。作者は、農家が一生懸命に作っている梨に石梨が出てくることを「さびしさ」と受けとめる。石梨の出現を内緒にする心の動き、不安や苦悩。「土と根の記憶」は、どこへ運ぶこともできない気もちを、感情の波のくらさを映していて、一度読めば忘れがたい小説だ。

本書のあとがき「変な人のところには変な人がたずねて来る記」には、知らない人が突然訪ねてくることや、知らない人からおはぎがタクシーで届けられた出来事などが書かれている。〈すさまじい光景〉〈すさまじい訪問者〉といった言葉で、作者はそれを切り取る。自分の考え、自分の都合、自分の欲がむき出しの状態はいずれも「すさまじい」。作者はそこに、その中に、その場に、生きている。読後には、生きている人がここにいるな、という感じが強く残る。だれもが、生きているはずなのに、これはどういうことなのか。『庶民烈伝』は、繰り返し読みたくなる小説だ。読むたびに、新たに気づくことがある。生きることを、まるでなんでもないことにしてしまうところのある、稀なる一冊。これは生きている本だ。

（はちかいみみ）

『庶民列伝』は一九七〇年に単行本が、八一年に文庫版が新潮社から刊行されました（各作品の初出については二六〇頁参照）。本書は文庫版を底本としました。

本書は、刊行当時の人権意識のもと独特の手法と視点で描いたものです。作中には現在の人権意識に照らし不適切な表現がありますが、作品世界の文学的価値を尊重しまた著者が他界していることを考慮し、原文のまま収録しました。なお旧漢字は新漢字にし、あきらかな誤植と思われるものを修正いたしました。

（編集部）

中公文庫

庶民烈伝《しょみんれつでん》

2013年1月25日　初版発行
2018年11月30日　再版発行

著　者　深沢《ふかざわ》　七郎《しちろう》

発行者　松田　陽三

発行所　中央公論新社
〒100-8152　東京都千代田区大手町1-7-1
電話　販売　03-5299-1730　編集　03-5299-1890
URL http://www.chuko.co.jp/

ＤＴＰ　ハンズ・ミケ
印　刷　三晃印刷
製　本　小泉製本

Published by CHUOKORON-SHINSHA, INC.
Printed in Japan　ISBN978-4-12-205745-6 C1193

中公文庫既刊より

各書目の下段の数字はISBNコードです。978－4－12が省略してあります。

ふ-2-5
みちのくの人形たち　深沢七郎
お産が近づくと屏風を借りにくる村人たち、両腕のない仏さまと人形――奇習と宿業の中に生の暗闇を描いた表題作をはじめ七篇を収録。〈解説〉荒川洋治
205644-2

ふ-2-7
楢山節考／東北の神武たち　深沢七郎初期短篇集　深沢七郎
「楢山節考」をはじめとする初期短篇のほか、伊藤整・武田泰淳・三島由紀夫による選評などを収録。文壇に衝撃をもって迎えられた当時の様子を再現する。〈解説〉小山田浩子
206010-4

ふ-2-8
言わなければよかったのに日記　深沢七郎
小説「楢山節考」でデビューした著者が、武田泰淳、正宗白鳥ら畏敬する作家との交流を綴る文壇日記。巻末に武田百合子との対談を付す。〈解説〉尾辻克彦
206443-0

た-13-5
十三妹《シイサンメイ》　武田泰淳
強くて美貌でしっかり者。女賊として名を轟かせた十三妹は、良家の奥方に落ち着いたはずだったが……中国古典に取材した痛快新聞小説。〈解説〉田中芳樹
204020-5

た-13-6
ニセ札つかいの手記　武田泰淳異色短篇集　武田泰淳
表題作のほか「白昼の通り魔」「空間の犯罪」など、独特のユーモアと視覚に支えられた七作を収録。戦後文学の旗手、再発見につながる短篇集。
205683-1

た-13-8
富士　武田泰淳
悠揚たる富士に見おろされる精神病院を舞台に、人間の狂気と正常の謎にいどみ、深い人間哲学をくりひろげる武田文学の最高傑作。〈解説〉堀江敏幸
206625-0

う-30-1
「酒」と作家たち　浦西和彦編
『酒』誌に掲載された川端康成ら作家との酒縁を綴った三十八本の名エッセイを収録。酌み交わし、飲み明かした昭和の作家たちの素顔。〈解説〉浦西和彦
205645-9